AU PAYS DU P'TIT

PAR NICOLAS FARGUES.
FOLIO, 213 P., 6,60 €.

♥♥♥♡ **A**lors que vient de paraître son récit épistolaire à quatre mains avec Iegor Gran, *Ecrire à l'élastique* (P.O.L.), on ne saurait trop recommander une halte préalable : *Au pays du p'tit*. Dans ce roman, Nicolas Fargues donne la parole à un sociologue de 44 ans, Romain Ruyssen, auteur d'un essai controversé. Il y brosse un portrait corrosif de ses compatriotes et renvoie de la France une image rabougrie au possible. Pour preuve, l'usage répandu d'« un p'tit resto, un p'tit ciné, un p'tit café, une p'tite balade, un p'tit week-end, un p'tit bordeaux, un p'tit dessert, etc. ». Selon lui, le Français type est à l'avenant, « fragile et gâté », conditionné « à ne concevoir d'existence viable qu'à travers l'attribution inconditionnelle de congés payés, de CDI, de carte Vitale, de RSA ». Cynique et désabusé, Romain n'ambitionne que de conquérir des jeunes filles en fleur, et bien en chair, à la façon du Valmont des *Liaisons dangereuses*. Sous les auspices de Houellebecq, voilà un instantané contemporain grinçant et réjouissant. ***D. P.***

Guide réalisé par Eric Libiot, avec Sandra Benedetti, Stéphanie Benz, Jérôme Dupuis, Alexis Lacroix, Baptiste Liger, Marianne Payot, Delphine Peras et Boris Thiolay.

COLLECTION FOLIO

Nicolas Fargues

Au pays du p'tit

P.O.L

Cet ouvrage a été rendu possible grâce à
une aide à l'écriture du Centre national du livre.

www.pol-editeur.com

Né en 1972. A obtenu en 2011 le prix du Livre France Culture-*Télérama* pour *Tu verras*.

For it's hard you will find
To be narrow of mind
If you're young at heart

Frank Sinatra

1

Les gens ne s'écoutent pas. C'est comme ça, c'est normal, c'est humain. Nous marchions dans Moscou avec Mondoloni. Pour alimenter la conversation, je lui faisais noter les proportions nord-américaines des avenues, le raffinement des décorations de Noël dans les vitrines, les voitures maculées jusqu'à mi-portière de gadoue neigeuse, les jeans des femmes qu'elles rentraient avec discipline à l'intérieur de leurs bottes à talons aiguilles. Je tentais, par toutes sortes de détails, de lui communiquer l'émotion que la ville me procurait, et Mondoloni ne répondait à ma verve que par des hochements de tête expéditifs. C'est ainsi : Mondoloni n'avait, comme tout le monde, pas de temps à perdre à chercher à comprendre ce qu'un autre que lui-même ressentait vraiment.

Privé de sa cour d'admirateurs, il semblait désorienté, plissant le front, se tournant sans cesse en quête d'improbables regards de piétons qui l'auraient reconnu. Rien chez lui ne pouvait rappeler cette expression de bienveillance que seules les caméras de télévision semblaient pouvoir restituer, quand on lui demandait son avis sur les plateaux du 20 heures. Ce n'est que lorsque j'attirai son attention sur une plaque de gel dont la forme rappelait singulièrement celle de la Corse, sur le trottoir, qu'il s'anima.

« Alors ça, c'est incroyable, dit-il tout en sortant de la poche de son manteau son téléphone portable. À part la Balagne qui laisse un petit peu à désirer, c'est exactement ça. Jusqu'au décrochement de la ligne verticale de la côte est, à Solenzara, vous voyez ? Je n'ai jamais vu un truc pareil. » Il prit sous différents angles la plaque de gel en photo avec son appareil et conclut en riant, en référence à ses propres racines : « On dirait un fait exprès. »

Il remit son téléphone dans sa poche et reprit aussitôt son pas de promenade. Resté en retrait, j'observais les semelles de cuir de ses chaussures à peine râpées par le seul contact des moquettes d'hôtel, des tapis de sol en caoutchouc des taxis et des grès polis des couloirs de Sciences Po. Il devait être en train de se dire que c'était cela, la vraie vie : marcher dans l'anonymat en plein hiver sur un boulevard moscovite en compagnie d'un type authentiquement anonyme : moi. S'apercevant au bout de quelques mètres que je ne suivais plus, il se retourna dans ma direction en m'adressant un regard interrogateur. Je venais juste de décider de le laisser continuer sans moi jusqu'à la Maison centrale des Artistes.

« C'est très simple, Pierre-Jean, dis-je en tendant dans la perspective du trottoir un bras qui ne lui laissait pas le choix. Vous poursuivez toujours tout droit jusqu'au bout de ce boulevard, jusqu'à la grande enseigne Canon que vous voyez tout là-bas, et puis vous tournez tout de suite à droite sur un autre grand boulevard qui s'appelle Krymski Val. Là, c'est encore tout droit en direction du fleuve. Au pont, vous verrez la Maison centrale des Artistes sur votre droite. Elle est énorme, vous ne pouvez pas la louper. »

J'éprouvai de la jouissance en constatant la débâcle qui s'était installée sur le visage de Mondoloni. Il avait encaissé ma dérobade sans oser protester, comme un débutant en ski auquel son moniteur aurait, sans prévenir, ordonné de s'élancer tout seul sur une piste noire.

« Au pire, ajoutai-je non sans cruauté, vous demandez *Zentralnyj dom chudoschnika*, tout le monde connaît. *Zentralnyj dom chudoschnika*, répétai-je en détachant lentement les syllabes. Vous vous en souviendrez ou vous voulez que je vous l'écrive sur un bout de papier ? »

Considérant le peu de disposition de la plupart des intellectuels français pour l'apprentissage des langues étrangères, je me doutais que Mondoloni ne faisait pas exception à la règle. Et qu'il lui serait impossible de se remémorer, ou de seulement prononcer intelligiblement, ces quelques mots face au premier passant venu. Il l'avait bien cherché.

Plutôt que d'emprunter avec le reste des invités la navette que les services culturels de l'ambassade mettaient à notre disposition, il avait tenu à faire avec moi le trajet à pied depuis l'hôtel jusqu'à la Maison centrale des Artistes. Je savais très bien que ce n'était pas tant par désir que nous fassions plus ample connaissance que par orgueil. Parce qu'il lui avait soudain paru intolérable qu'un type réputé *homme de terrain* comme lui laissât, devant tout le monde, une figure de second rang comme moi lui voler le monopole de l'anticonformisme et de la bravoure.

« Et vous, alors ? Vous allez où, là ? Et le débat ? Vous ne risquez pas d'arriver en retard pour le débat ? » Il était à bout d'arguments. L'unique avantage que l'on peut trouver à vieillir, pensai-je tout en fixant les sourcils de Mondoloni afin de ne pas me laisser attendrir par la détresse qui se lisait dans ses yeux, c'est de s'autoriser enfin à ne plus avoir à plaire, fût-ce aux puissants. Ni à faire ce que l'on n'a pas envie de faire.

« Ne vous inquiétez pas pour moi, dis-je, je serai là à temps. J'ai juste une petite course à faire avant. »

Pourtant, une fois débarrassé de Mondoloni, je n'avais rien imaginé d'autre qu'effectuer un tour complet du gigantesque pâté de maisons que nous étions en train de longer afin de le laisser prendre suffisamment d'avance sur le trajet. Et me dépêcher ensuite pour arriver à l'heure au débat prévu à la Maison centrale des Artistes. Devenir égoïste, cela ne va pas de soi.

Un public en parkas et chapkas finissait de garnir les gradins de l'auditorium lorsque j'entrai. Je fus un peu déçu de constater que Mondoloni, sain et sauf, était déjà sur place. Je l'aurais préféré perdu, ayant abandonné la partie et de retour à l'hôtel. Il échangeait avec quelques journalistes et photographes montés sur la scène pour une interview improvisée. Galvanisé par leur sollicitude, il avait retrouvé toute l'assurance qui seyait à son statut. Sans la moindre rancune, il m'adressa même de derrière les micros un petit signe complice de la main en m'apercevant. À ce geste, les journalistes s'interrompirent pour se tourner ensemble vers moi. Mais, mon visage ne leur évoquant rien du tout ou pas grand-chose, ils revinrent aussi sec à Mondoloni.

Une jeune femme portant un badge s'avança vers moi. Après avoir vérifié sur sa liste que je faisais bien partie du panel des intervenants, elle m'indiqua, dans un français très fluide, le siège qui m'était réservé, entre un linguiste hongrois et une économiste estonienne. Mondoloni, lui, avait été prévu au centre, à côté du modérateur. Le linguiste et l'économiste m'accueillirent d'un même sourire entendu signifiant que, Mondoloni étant l'objet de l'attention générale, la partie n'était pas gagnée pour les autres. Puis l'hôtesse d'accueil se pencha et me demanda à voix basse si je ne voyais pas d'inconvénient à ce que *le professeur* commençât seul. Il devait prématurément quitter la rencontre pour se rendre à l'aéroport et attraper son vol pour Istanbul, où il était attendu le soir même pour une communication importante à l'université.

Quitter la rencontre, Istanbul, communication importante, université. Je repensai au bref quart d'heure que nous avions passé ensemble sur les boulevards, avec Mondoloni. À mes gesticulations face au grand homme, à l'enjeu mineur que je représentais alors en regard des engagements qu'il lui restait à honorer au cours de cette seule journée, sans qu'il ait songé à en évoquer un seul devant moi. J'imaginais la navette à sa disposition à la sortie de l'auditorium, les bagages au garde-à-vous dans le lobby de l'hôtel, le coupe-file à Cheremetievo, la première classe pour Istanbul et l'accueil en limousine VIP à l'aéroport là-bas. La mise en œuvre d'un emploi du temps millimétré assurée par une escouade silencieuse et invisible de petites mains partout où il séjournait. La vraie supériorité, c'est cela : laisser aux autres le soin de découvrir tout seuls combien votre vie est trépidante et bien huilée. L'auto-événement permanent.

Un technicien vint remettre à chaque participant un casque sans fil muni d'un récepteur pour la traduction simultanée. Je l'appliquai sur mes oreilles et, depuis les cabines d'interprétation alignées non loin de là, une voix féminine comparable à celle de l'hôtesse d'accueil se présenta en français en me souhaitant la bienvenue.

Lorsque la parole était donnée à Mondoloni, on n'était jamais déçu. Il rendait les choses simples parce qu'il en avait une vision précise, synthétique et documentée. C'était clair, bourré d'informations, pédagogique et parfois drôle. Presque addictif tant il possédait ce talent de donner à son auditoire le sentiment que ses connaissances et ses références étaient aussi les vôtres. Les interminables ondes de choc de la crise des *subprimes* de 2007, la position de la Grèce, de l'Allemagne et de la Chine, les printemps arabes avortés, l'Irak et l'Afghanistan, les écoutes de la NSA, Fukushima, l'*Obamacare*, Poutine, les quotas de Bruxelles, la montée des nationalismes en Europe, la nécessité vitale d'une grande réforme des institutions en France avant la chute : tout le monde en avait entendu parler. Mais Mondoloni avait le pouvoir de vous faire découvrir que vous en saviez bien davantage que vous ne le pensiez. Et, mieux encore, que vous étiez désormais tout à fait capable de vous faire tout seul une opinion définitive sur tout cela sans imaginer une seconde qu'il s'agissait de la sienne.

Au bout de quarante minutes d'entretien avec le modérateur, Mondoloni se leva. Il boutonna sa veste, serra la main du modérateur et nous adressa, à moi ainsi qu'à mes deux voisins, un bref salut d'adieu plein de fausse modestie, un peu comme s'il désertait une soirée dansante après avoir coupé le disjoncteur et lancé aux convives présents quelque chose comme : *Amusez-vous bien. Et, surtout, faites comme si je n'étais pas là.* C'est sous une pluie battante d'applaudissements qu'il quitta la salle.

Car il en va des vedettes de la pensée comme des rock stars. Avec la consécration, ils finissent par se tenir hors de portée des manants et par ne plus avoir pour compte à rendre à leur public qu'une prestation minutée et sans accrocs facturée les yeux de la tête aux organisateurs, rien de plus. Ainsi, une fois son contrat rempli, Mondoloni était-il parti sans laisser à l'assistance ni aux autres intervenants la possibilité de réagir à ses propos en sa présence. Et l'assistance, en vertu des lois psychologiques complexes unissant victimes et bourreaux, ne s'en montrait que plus reconnaissante à son égard. La preuve : considérant le siège désormais vide de Mondoloni au milieu de la scène un peu comme une incisive centrale supérieure qui manquerait dans un sourire, les deux tiers des spectateurs se levèrent à leur tour en enfilant manteaux et bonnets. Ils se dirigèrent ensuite vers les portes de sortie en files plus ou moins bavardes et désordonnées, contraignant le modérateur à s'interrompre dans sa présentation de l'économiste estonienne.

Une fois le calme revenu, avec ses rangées entières de sièges vides qui semblaient avoir tout à coup réduit les proportions de la salle, l'auditorium pouvait évoquer certaines séances de nuit à l'Assemblée nationale. Malgré l'atmosphère de démotivation générale qui menaçait, l'économiste estonienne prit à son tour la parole sans se démonter. J'avais beau rechercher dans son visage et dans ses expressions quelque chose de, disons, *typiquement estonien*, je ne décelais rien d'autre que cette compétence fade et pondérée observable chez la plupart des individus baltes ou scandinaves issus des classes supérieures. Les montures de ses lunettes étaient aérodynamiques sans ostentation. Sa coupe de cheveux : d'un classicisme sans conservatisme. Son long collier à pendentif : d'inspiration suffisamment ethnique pour laisser supposer, avant la carrière entamée à la London School of Economics, une jeunesse politiquement engagée à gauche. Je l'imaginais aussi pouvoir tenir une conversation indifféremment en anglais, en allemand, en russe ou en suédois, pratiquer un week-end par mois avec son mari du camping sauvage au bord d'un lac glacé et avoir mis au point une recette toute personnelle de cake au gingembre. À coup sûr, elle était parvenue à faire de ses enfants de jeunes adultes équilibrés et responsables sans jamais, au cours des années consacrées à leur éducation, avoir eu à élever la voix pour leur faire entendre raison. Je réalisais surtout que, ne m'y étant jamais rendu, je ne connaissais rien de l'Estonie qu'une série de vieux timbres-poste triangulaires consacrés à l'aviation, tous issus de la collection que mon père m'avait léguée enfant. Laquelle, faut-il le préciser, n'aura jamais suscité chez moi de vocation de philatéliste. Au grand regret de mon père qui me disait déceler dans mon manque d'assiduité à poursuivre sa collection les symptômes d'un esprit velléitaire. Passons.

Après l'intervention de l'économiste, c'est vers moi que le modérateur se tourna : « Alors vous, Romain Ruyssen, dit-il en consultant consciencieusement ses notes, vous êtes français et sociologue. Votre dernier essai a pour titre *Au pays du p'tit.* Il est paru en France le mois dernier et, avec neuf autres ouvrages sélectionnés en prévision de ce salon, il a bénéficié d'une opération spéciale et sort aujourd'hui, quasi simultanément, dans sa traduction russe. » Dans mon casque, l'interprète, qui avait elle aussi préparé ses notes pour la séance, avait prononcé *p'tit* avec une application désopilante.

« Je cite l'une des phrases de votre introduction, poursuivit le modérateur en plongeant le nez dans la version traduite de mon livre : *"Avec les Trente Glorieuses, le surmoi révolutionnaire des Français a progressivement cédé la place au Moi-Je pépère-fonctionnaire."* Est-ce que cela signifie, Monsieur Ruyssen, qu'aujourd'hui vous considérez usurpée la réputation de *nation insoumise* de votre pays ? »

« Je me demande surtout, répondis-je sur un ton folâtre, comment mon interprète vient de vous traduire des mots tels que *"Trente Glorieuses"* et *"pépère"* : la langue russe possède-t-elle vraiment un équivalent de ces notions très françaises ? »

Je marquai une pause, attendant en vain la réaction de quelqu'un dans la salle. « Au-delà de votre question, repris-je, c'est de l'esprit français contemporain tel que je le perçois que j'ai envie de vous parler. Et je peux le faire sans forcément me référer à mon livre, rien qu'à partir de quelques éléments que j'ai observés ici, dans cette salle, au cours de l'heure qui vient de s'écouler. Vous permettez ? »

Le modérateur eut ce joli geste de tendre vers moi ses deux mains ouvertes en baissant légèrement la tête, un peu comme s'il m'invitait à attaquer le rosbif en premier. Et, de fait, je sentais dans mon cerveau les idées affluer avec une jubilation organique proche de la salivation.

« Bon. Alors. Voilà. Comment dire. D'abord, prenons l'exemple de Pierre-Jean Mondoloni. Je suis curieux de savoir combien d'entre vous avaient entendu parler de lui avant aujourd'hui. » Je m'interrompis et promenai mon regard sur les quelques silhouettes présentes dans la salle. Un quart d'entre elles environ levèrent la main. « Bon, repris-je. Qui sont donc, d'après vous, tous ces gens qui, venus si nombreux pour l'écouter, ont quitté l'auditorium en même temps que lui tout à l'heure ? » Sans attendre cette fois de réponse, je dis : « Eh bien, c'était des Français. Ou, pour être plus exact, des Françaises. Des épouses d'expatriés français vivant à Moscou, pour être tout à fait précis. Car, en France, les études de marché montrent que ce sont en grande majorité des femmes qui achètent des livres, lisent et assistent à des conférences. Ces épouses d'expatriés, oisives et aisées pour la plupart, ont fait le déplacement jusqu'à la Maison centrale des Artistes, où la France est à l'honneur tout au long de cette semaine, afin de *voir en vrai* Pierre-Jean Mondoloni, qu'elles sont habituées à écouter à la radio ou à la télévision. Car, je vous le confirme, il est très connu en France. »

Je m'interrompis de nouveau, espérant un signe quelconque d'encouragement ou d'intérêt parmi l'assemblée. Seule, au premier rang, une fille d'une vingtaine d'années aux cheveux longs et soignés prenait des notes sur un cahier. Entre deux griffonnages, elle relevait vers moi des yeux bleus expressifs en faisant de la tête des séries de *oui* qui me paraissaient d'un enthousiasme disproportionné.

« Comment savoir qu'il s'agissait de Français, me demanderez-vous ? Je pourrais, en anthropologue du dimanche, en impressionniste, vous décrire cette *texture* particulière de brouhaha qu'elles ont occasionné en se levant. Ces fréquences vocales quasi dépourvues de basses, ces rires nasalisés étouffés, cette voussure nerveuse des corps que vous aurez peut-être remarquée lors de leurs déplacements dans les travées. Mais tout cela serait un peu fastidieux. Il faudrait prendre le temps de trouver les mots justes et de rentrer dans l'histoire de la morphologie des peuples des Gaules celtiques. Sans compter que ce type d'entreprise peut facilement finir par vous attirer des critiques désagréables. »

La fille du premier rang, penchée en avant, me fixait à présent d'un regard mi-clos particulièrement aigu. Sa concentration frôlait la parodie.

« Non, repris-je. Je sais qu'elles étaient françaises parce que je les ai tout simplement entendues parler français. Tout comme les journalistes venus interviewer Pierre-Jean Mondoloni avant sa prestation : français aussi. »

Tandis que l'on achevait de traduire mes propos, la fille avait porté à sa bouche le bout de son Bic d'un air pensif tout en approuvant lentement du menton. Puis elle sourit, révélant une expression faciale saine et déterminée, spécifiquement slave, que l'on retrouve à l'identique chez les Américaines d'ascendance russe ou polonaise.

« Nous avons donc ici, à Moscou, dis-je, une semaine *Spéciale France* qui, le saviez-vous ?, consiste surtout en une opération promotionnelle financée et organisée à l'initiative du ministère français des Affaires étrangères. Comme il s'en tient régulièrement depuis quelques années dans des pays dits *émergents* tels que le Brésil, la Chine ou l'Inde. Et, en la personne de Pierre-Jean Mondoloni cet après-midi, un invité d'honneur français s'adressant sans s'en rendre compte (ou sans vouloir l'admettre) à des journalistes et à un public constitué à quatre-vingt-cinq pour cent de Français. Lequel a quitté la salle tout à l'heure sans même avoir pris la peine de s'intéresser à l'opinion d'une Estonienne et d'un Hongrois sur un sujet supposé nous rassembler tous ici : la France. »

Je désignai, à mes côtés, l'économiste et l'universitaire, lesquels sourirent aussitôt d'un air gêné, surpris d'être pris à témoin au service d'une démonstration idéologiquement périlleuse dont ils ignoraient l'issue.

« Ajoutez à cela la référence qu'a faite notre

modérateur, en m'introduisant tout à l'heure, à la version russe de mon essai. » Je me tournai vers l'intéressé : « Vous ne saviez peut-être pas non plus, monsieur, dis-je avec une politesse exagérée, que mon livre ne doit son existence qu'au coup de pouce donné aux éditeurs étrangers par le département *Livres et savoirs* de l'Institut français, à Paris, dans le cadre d'un programme d'aide à la traduction destiné à diffuser la pensée française hors de l'Hexagone. C'est-à-dire à de l'argent public français. Je vous informe d'ailleurs que c'est le cas de soixante-dix pour cent des livres d'auteurs français traduits dans le monde. C'est une question un peu taboue dans la profession, mais sachez que lorsqu'un auteur français est "traduit en vingt langues", cela signifie que l'État a pris en charge les trois quarts de ces traductions. Pour des ventes d'ailleurs à peu près nulles le plus souvent. Les seuls éditeurs étrangers faisant l'effort de traduire, de promouvoir et de défendre à leurs frais les auteurs français contemporains sont en général allemands, italiens ou espagnols. Les Allemands par goût bourgeois de l'encanaillement, car les Français leur paraissent depuis toujours un peuple brouillon mais divertissant. Un peu à l'image de l'acteur Louis de Funès, qu'ils adorent. Les Italiens et les Espagnols parce qu'ils nous sont frontaliers et qu'ils considéraient, jusqu'au dévoilement par Bruxelles de notre abyssal déficit public, qu'en tant que nation latine économiquement plus avancée que la leur, nous avions nécessairement quelque chose à leur enseigner. Quant à l'anglais, inutile d'en parler, nous n'existons tout simplement pas dans cette langue. Hormis quelques morts illustres tels qu'Albert Camus, Jules Verne, Alexandre Dumas ou Michel Foucault, je ne vois aujourd'hui que le romancier Michel Houellebecq capable de susciter l'intérêt des lecteurs anglo-saxons cultivés. Car, au-delà de leurs penchants protectionnistes, Américains et Britanniques nous prennent, à raison, pour des dilettantes satisfaits et sans vision. Bref, beaucoup de bruit pour rien. Beaucoup de France pour pas grand-chose. »

Je sentais dans le coin de mon regard le modérateur s'impatienter, avec le micro qu'il tentait régulièrement de porter à ses lèvres, mais sans pouvoir y dire un mot. J'allongeai le bras dans sa direction en signe d'apaisement, bien décidé à m'imposer pour un ultime sursis de parole :

« En résumé, ajoutai-je, nous avons là une nation qui, à défaut de réelle puissance, s'achète aujourd'hui une omniprésence à coups d'opérations de charme aussi arrogantes qu'infécondes. »

Laissant l'interprète achever sa traduction, je me composai un sourire à l'intention de l'économiste estonienne et repris : « Madame, n'ayant par impatience et par égoïsme pas prêté suffisamment d'attention à votre intervention tout à l'heure, je serais tenté d'ajouter que je suis moi-même à l'image de mon pays : un individu sourd aux autres, convaincu de disposer tout seul du jugement nécessaire à sa propre rédemption. »

Un rire sec jaillit de quelque part dans la salle. L'économiste estonienne, elle, me fixait avec un dégoût poli. Je détournai la tête en direction du public, lequel semblait noyé dans une pénombre accentuée par la rampe des projecteurs qui éclairaient la scène.

« Et qui n'a plus grand-chose à offrir au monde aujourd'hui, conclus-je, que sa feinte autocritique. »

Je ne fus pas étonné de voir s'avancer vers moi la fille aux cheveux propres à la fin de la rencontre. Au cours des brefs échanges qui s'étaient tenus entre l'auditoire et les intervenants, nos regards s'étaient croisés à plusieurs reprises. Puis, après s'être signalée auprès de l'appariteur chargé de faire circuler le micro, elle s'était levée et avait consacré de longues secondes à réclamer l'indulgence de l'assistance pour son russe imparfait, étant étrangère. Son côté ravissante sotte à manières avait agacé plusieurs personnes dans la salle, parmi lesquelles deux ou trois femmes aux traits beaucoup moins harmonieux que les siens qui avaient levé les yeux au ciel, signe universel d'exaspération. Puis, renversant en arrière sa volumineuse chevelure, son cahier de notes à la main, elle s'était adressée à moi et avait posé une question prête à porter du genre : « Pensez-vous que les excès du capitalisme contemporain en Occident ont fini par se retourner contre les sociétés riches et par réunir, à leur insu, toutes les conditions d'un néomarxisme mondialisé ? » Avec la certitude de passer devant toute la salle pour une jolie fille à la tête également bien pleine. Et dans un russe de toute évidence pas aussi mauvais que prévu.

J'achevais d'écluser sans soif le contenu de la petite bouteille d'eau minérale mise à ma disposition lorsqu'elle se posta devant moi, brandissant un exemplaire tout neuf de la version russe de mon essai.

« Drôle de façon de se vendre que de passer son temps à se dénigrer soi-même, non ? » me dit-elle dans un anglais accentué mais allègre après avoir à nouveau inversé le sens de sa cascade de cheveux. Tout en me faisant la remarque qu'une étudiante française moyenne eût été bien incapable de recourir avec la même facilité au terme *self-bashing*, je notai la carnation de fruit de printemps de son visage, tout comme son regard effrontément planté dans le mien. Associé à son sourire figé, il me semblait exprimer la malice trop verte d'une allumeuse. Je souris aussi pour toute réponse, convaincu qu'avoir écrit un livre me dispensait, dans mes conversations, d'avoir à produire des reparties intelligentes.

« J'aimerais vraiment avoir votre avis là-dessus, vous savez, insista-t-elle. Je trouve cela passionnant au plan psychanalytique. Vous auriez un moment pour prendre un café ou un thé avec moi dehors afin qu'on en parle ? »

Elle avait émis sa proposition sans un battement de cils. Je la fixai en silence, m'interrogeant si un tel sens de l'initiative procédait d'un naturel particulièrement décontracté, exempt d'arrière-pensée, ou bien d'un grossier jeu de séduction virant à la manipulation.

« Non », dis-je tout en revissant avec fermeté le bouchon de la bouteille de plastique pourtant vide. Je me levai de mon fauteuil, ramassai mon anorak, mon écharpe et mes gants sur l'accoudoir, me redressai à sa hauteur. Par pur instinct de genre, je fus soulagé de constater qu'elle était largement plus petite que moi. Son front atteignant à peu près le niveau du bout de mon nez, elle devait mesurer dans les un mètre soixante-cinq.

Elle s'était raidie. Sans doute avait-elle omis d'envisager un refus de ma part. « Attendez, vous croyez que je vous drague ? » *Do you think I'm hitting on you ?*

Qu'est-ce qui pouvait bien rendre les jeunesses germanique, scandinave, slave et batave, pensai-je, aussi promptes à s'exprimer en anglais quand, dans les classes de langues des collèges et lycées de France, on continuait de moquer les rares élèves qui faisaient l'effort de prononcer *correctement* lorsqu'ils étaient interrogés ? Le voisinage des souches linguistiques ? Les dessins animés américains pour tout-petits diffusés en langue originale à la télévision ? Une meilleure oreille musicale ? Les ravages de ce fameux *sens de l'ironie* à la française ?

Je pris une légère inspiration et replongeai bravement mes yeux dans les siens : « Oui, je le crois. »

Nous nous connaissions depuis moins de deux minutes, nous n'avions pas de langue maternelle en partage, étions l'un et l'autre issus de deux cultures différentes, et je devais compter près du double de son âge. Mais, par les grâces conjuguées de sa confiance excessive dans son pouvoir de séduction et de ma franchise trop agressive pour être honnête, nous venions de brûler de fastidieuses étapes en nous épargnant formules de politesse inutiles et gestes embarrassés. J'aimais cette injection d'émotion pure que de contraindre au naturel de parfaits inconnus en quelques échanges à peine. Cette rencontre des âmes donnait, au même titre que, mettons, l'acte charnel, un sens au mot *humanité*. Encore un privilège de l'âge.

Le visage de la jeune femme exprimait à présent de la colère. Je ne venais pas seulement de lui faire l'affront de refuser de *jouer le jeu*. J'avais inversé les rôles en parvenant à m'attribuer celui de l'objet de sa convoitise. Deux possibilités s'offraient à elle : épargner son amour-propre en m'abandonnant définitivement à mon arrogance, ou bien consentir à poursuivre cette partie de cache-cache pervers que nous venions d'entamer et dans laquelle elle s'était déjà fort exposée.

« Vous allez encore me dire non si je vous demande de me dédicacer votre livre ? »

Elle me tendit l'objet à bout de bras, comme une injonction à m'exécuter dans l'immédiat. Je la laissai avec son membre à l'horizontale, le temps de fouiller dans les poches de mon anorak à la recherche d'un stylo. Puis je m'emparai du livre et lui demandai son nom. Debout, d'une écriture expéditive tremblée par l'instabilité de ma main gauche soutenant le livre et mon anorak, j'inscrivis en anglais sur la page de garde : *Pour Janka, à qui je souhaite une vie à la mesure de ses ambitions. Romain Ruyssen. Moscou, décembre 2013.*

Je lui remis le livre, qu'elle rouvrit aussitôt avec avidité. Après avoir lu ma dédicace, elle releva des yeux déçus : « C'est tout ? » Je ne répondis rien, passai mon anorak et mon écharpe.

« Je pourrais au moins avoir votre contact Facebook ? Juste pour vous faire part de mes impressions de lecture. Il n'y a rien de mal à ça, non ? »

Je répondis que je ne m'étais pas inscrit sur Facebook, que j'avais une compagne depuis plusieurs années et que le meilleur moyen de s'adresser à un auteur était de passer par son éditeur, qui transmettrait. Ce n'était pas tout à fait vrai. Quelques années auparavant, du temps où les administrateurs du réseau social n'offraient pas encore aux abonnés la possibilité de verrouiller complètement l'accès à leurs informations privées, je m'étais créé un *profil* imaginaire dans le seul but d'infiltrer la *page* d'une femme qui venait de me quitter et que j'aimais encore, ainsi que celles de tous ses *amis*. Par recoupements, parmi photos et autres *posts* personnels, je tentais de découvrir avec quels types elle pouvait bien coucher désormais. Le cœur en cendres, mes sens et mon imagination aiguisés par le chagrin, j'allais ainsi frénétiquement à la recherche de ce que je n'aurais voulu trouver pour rien au monde. Il m'arrivait encore de me servir de ce nom d'emprunt comme d'un mouchard ou d'un camouflage, à des fins d'espionnage amoureux et professionnel exclusivement. Facebook ne me servait à rien d'autre.

Just write to my publisher. La fille me considéra cette fois avec une sorte d'hypothèque de sourire dans le regard. Comme si, avant de poursuivre, elle attendait qu'à mon tour je baisse la garde et montre enfin le visage du type sympathique qu'elle avait cru déceler chez moi. Je détournai de nouveau les yeux pour zipper avec application mon anorak, passer mon bonnet, ajuster mes gants de cuir sur chacun de mes doigts.

« Au revoir, mademoiselle », dis-je sans relever la tête, ce qui était un moyen poli de lui intimer de déguerpir sur-le-champ. Ce qu'elle fit, non sans avoir pris soin au préalable de combler le mince espace qui nous séparait d'un cinglant : « Connard de Français, va. »

Je ne me redressai qu'une fois certain qu'elle ne se retournerait plus. Elle avait quitté l'estrade et traversait à présent d'un pas décidé la salle de sièges vides où ne demeurait plus que l'équipe d'interprètes qui, un gobelet de café brûlant à la main, semblaient nourrir des commentaires critiques sur la qualité du matériel professionnel en cabine. Sa démarche et le fuselage de sa chair à l'intérieur de son jean révélaient des mollets forts et des cuisses un peu courtes. L'ampleur de son pull épais de laine blanche à larges bandes bleu marine ne suffisait pas à dissimuler une poitrine que je devinais volumineuse. Avec son fond de teint, son mascara, son fard à paupières, ses perles aux oreilles, son petit sac à main rouge à fine et longue bandoulière, elle ressemblait à une héroïne de feuilleton américain de la fin des années 1980. À Paris, pensai-je, on l'aurait sans détour qualifiée de BCBG, voire de ringarde. Elle effectua un ultime virage parmi les rangées de sièges et disparut par les portes de sortie de l'auditorium. La dernière image que je conservai d'elle était son sac rouge qui se balançait encore dans l'espace une fraction de seconde plus tard. Je réalisai que, bien que mourant d'envie de le savoir, je n'avais même pas eu l'amabilité de lui demander de quel pays elle venait. *You French asshole.*

Allongé sur le lit de ma chambre d'hôtel avec mon ordinateur portable posé sur les genoux, je consultais mes e-mails. La télévision était allumée. Tout en pianotant sur le clavier, j'entendais la voix *off* d'un comédien unique doublant en russe l'ensemble des protagonistes, hommes et femmes, d'un feuilleton à la provenance indéterminable. Sur un mode empesé d'oraison funèbre, ses interventions écrasaient par intermittence la bande-son d'origine, annihilant aussi bien chants d'oiseaux et trafic routier que cliquetis de couverts de table.

J'avais reçu un message du service de presse de mon éditeur me confirmant, sauf impératif de dernière minute dû à l'actualité, mon rendez-vous à l'émission « Les matins de France Culture » pour le lundi suivant. On m'informait également qu'un article venait de paraître dans *L'Express* à propos de mon livre. Il s'agissait en réalité de quelques lignes à peine développées, non signées, lesquelles venaient s'ajouter à une série de brèves publiées dans les pages « Société » de l'hebdomadaire :

Charge féroce contre la culture et les mœurs françaises, Au pays du p'tit *revendique une démarche à contre-courant des études ordinaires de sociologie, en appréhendant les faits par la subjectivité du détail davantage que par les enquêtes et les chiffres. On ne manquera pas, en ces temps de crise de confiance nationale, de juger l'entreprise opportuniste et, surtout, un peu légère. Pourquoi seuls les routards français refusent-ils de coudre le drapeau tricolore au dos de leur sac de voyage ? Existe-t-il un autre pays que la France où l'on se souhaite « Bon courage » avant d'aller travailler, et où l'on déplore « Ça va comme un lundi » en tout début de semaine ? Où l'on dise « Fallait pas » après s'être fait offrir un cadeau ? Tentatives d'analyses et de réponses par Romain Ruyssen, maître de conférences à l'UFR de Sciences sociales de Paris X.*

C'est certain, l'adjectif *légère* ne me faisait pas plaisir. Comment un pigiste anonyme pouvait-il, d'un seul mot, parvenir ainsi à me faire remettre en question le résultat légitime de trois ans de travail ? La *susceptibilité* : voilà la rançon de l'accomplissement personnel, méditai-je tandis qu'à la télé, c'est le monologue d'un enfant d'environ huit ans que la voix de l'homme interprétait à présent du même ton lugubre.

Dans ma boîte, il y avait également un e-mail de Lysette M. Thibodeaux, la directrice du département français et italien de l'université d'Iowa, aux États-Unis. Elle m'indiquait que ma candidature au poste de *visiting professor* au sein de son unité était en cours d'examen et que, afin de faciliter les choses, un premier voyage de reconnaissance à Iowa City serait sans aucun doute apprécié par les responsables de la Division des langues, littératures et cultures du monde de l'institution.

Dans cette hypothèse, développait-elle, *nous pourrions profiter de la parution récente de votre essai en France pour vous proposer une communication en marge du colloque que nous organisons à la fin du mois de janvier. Il y aura des écrivains et des enseignants invités originaires de nombreux pays et territoires francophones, je pense que vos thèses critiques pourraient trouver leur place.* Elle ajoutait que le budget de l'événement ayant été fixé et approuvé depuis plusieurs mois par l'administration, le voyage et le séjour seraient à ma charge. Mais qu'elle pourrait sans difficulté m'obtenir une chambre à moindre coût dans l'une des résidences universitaires du campus, ainsi qu'une rémunération forfaitaire de

250 dollars pour mon intervention. Ma réponse était souhaitée dans les soixante-douze heures.

Je relevai la tête. Le feuilleton venait d'être interrompu par un jingle annonçant une page publicitaire. Le premier spot vantait une marque de préservatifs. Un homme torse nu allongé sur un banc de musculation maintenait à bout de bras non pas une traditionnelle barre métallique à disques de fonte mais une femme blonde vêtue d'un justaucorps rose très échancré. L'une de ses mains soutenait la jeune femme au niveau de son épaule, et l'autre, du haut de sa cuisse. Filmé en contre-plongée, tout sourire sous la caméra, le sportif entamait sans effort une série de développés-couchés tandis que la jeune femme, entraînée dans ce lent mouvement de va-et-vient, fermait d'abord avec volupté les paupières, puis se mordait avec une insistance croissante la lèvre inférieure. Dans le dernier plan, elle poussait un cri tout en tendant un pouce triomphal face à l'objectif.

Pendant que je réfléchissais aux termes de ma réponse à donner à Lysette M. Thibodeaux, j'effectuai quelques recherches rapides sur internet. En me rendant sur le site de statistiques officielles US News, j'appris ainsi que University of Iowa (à ne pas confondre avec Iowa State University, moins bien cotée) arrivait en soixante-treizième position au sein d'un classement des deux cents meilleures institutions académiques du pays. L'université elle-même était composée de treize collèges et unités différentes. Parmi celles-ci, le principal, *College of Liberal Arts and Sciences*, à lui seul, comprenait quarante et un départements et divisions. L'une de ces divisions s'intitulait *World Languages, Literatures and Cultures*. C'est à l'intérieur de cette nouvelle sous-catégorie, entre l'apprentissage du langage américain des signes et le département des langues slaves et asiatiques, que l'on tombait enfin sur la section *French and Italian*.

Dénomination incomplète puisque le site dédié à ladite faculté révélait qu'en réalité, au même titre que les deux langues latines annoncées, l'arabe et le swahili y étaient également enseignés. Quant aux photos qui illustraient la page d'accueil, elles représentaient le détail d'une sorte de bibliothèque idéale d'un autre âge, mais qui correspondait très bien à l'idée qu'un étudiant américain éclairé pouvait se faire des lettres françaises. Sur les tranches de volumes manifestement anciens, le folklore de la patine le disputait à des noms de fantômes : Restif de La Bretonne, *Jacquou le Croquant*, Étienne-Louis Boullée, *Pierre Nozière*. Une image s'était formée dans ma tête : celle d'un trajet en voiture commencé en plein soleil sur une autoroute à huit voies et qui, de bifurcation en bifurcation, s'achevait de nuit sur un petit chemin de terre isolé en plein cœur de la forêt. Tout au bout de ce chemin, il y aurait le département *French and Italian* de l'université d'Iowa.

À la télé, la séquence publicitaire se poursuivait avec un spot ayant pour cadre Paris. Un jeune couple moscovite passait un week-end dans la capitale française. Pour illustrer les merveilles auxquelles leur toute nouvelle carte bancaire leur permettait l'accès, les concepteurs du scénario n'avaient négligé aucun cliché : tour Eiffel, champagne, bateau-mouche, Louvre, défilé de mode, revue au Moulin Rouge et dîner aux chandelles face à Notre-Dame. Nouveauté : une étape *cadenas d'amour* au pont des Arts. Cette mode récente était devenue, en cinq ou six ans à peine, une véritable tradition pour les touristes. Ainsi avaient-ils, les touristes, à l'heure de leur préférence pour Londres, à l'heure de la démythification consommée de Paris et de la France tout entière, ainsi avaient-ils donné contre toute attente avec ces cadenas d'amour un second souffle à la réputation *romantique* de la cité. J'y avais consacré une page dans mon livre, insistant sur la proximité géographique de cette prétendue passerelle de l'Amour avec le Quai d'Orsay, autre temple vieillissant du chauvinisme français.

Je revins à mes mails, activai la fonction *répondre à l'expéditeur* à partir du message envoyé par Lysette M. Thibodeaux, agitai mes doigts au-dessus du clavier pour laisser affluer les mots depuis mon cerveau. *Une certaine idée de la France : rouillures et verrouillages.* Cela ferait un bon titre. Un peu trop littéraire peut-être pour une simple communication dans l'Iowa.

Le conseiller culturel avait organisé une réception de clôture de la « Semaine française » dans les salons de la célèbre Maison Igoumnov, la résidence de l'ambassadeur de France. Je patientais dans la file des invités, mon carton d'invitation à la main. Dans le hall d'entrée, qui évoquait plutôt une sorte de crypte des *Mille et Une Nuits*, je reçus un SMS : *N'oublie pas la photo de la maison de mon père stp. Lioubliou.*

Il me fallut quelques secondes de réflexion pour parvenir à la conclusion que *Lioubliou* signifiait sans doute *Amour* en russe. Qui, au cours de sa vie, n'avait pas entendu au moins une fois quelque part le fameux *Ia tibia lioubliou*, étymologiquement voisin des *Ich liebe dich* et *I love you* ? En tout cas, la consonance fantaisiste du mot permettait à Caridad de me laisser entendre avec suffisamment de légèreté qu'elle voulait encore croire au couple que nous formions elle et moi, sans se compromettre par un trop frontal et définitif *Je t'aime* qui, pourtant, devait lui brûler les lèvres. Je tapai en réponse sur mon portable que je n'avais pas oublié (c'était faux), et que je lui rapporterais sa photo, comme promis.

Arrivé de Cuba en 1961 afin d'obtenir une licence en planification agraire, le père de Caridad avait, en effet, été logé trois années durant par le gouvernement soviétique dans un immeuble du quartier de Tverskoï en compagnie d'autres étudiants, africains et vietnamiens pour la plupart. Ayant peu après obtenu de Paris un statut de réfugié politique, Alberto était aujourd'hui un citoyen français à la retraite comme les autres. S'il ne subsistait dans sa vie à peu près aucune trace de son pittoresque passé, si lui-même avait toujours négligé d'en parler, sa fille unique, elle, y tenait beaucoup. J'avais donc noté l'adresse et promis, persuadé qu'en quatre jours j'aurais tout le temps de m'y rendre. Mais, entre mes tables rondes à l'Institut français et à la Maison centrale des Artistes, deux petits entretiens avec des pigistes stagiaires de la presse locale, deux promenades de découverte des bords de la Moscova et du centre-ville, les restaurants, la télé dans ma chambre d'hôtel pour échapper au froid dehors et cette réception de clôture à l'ambassade de France, je me retrouvais déjà à moins de vingt-quatre heures de mon départ. Où aurais-je bien pu le trouver, le temps ?

On sait qu'aujourd'hui la France n'a, sur la planète, plus aucune influence économique, ni culturelle, ni scientifique. Même sa cuisine a cessé d'être innovante. Mais il lui reste sa diplomatie. Dans le domaine, on ne se doute pas combien la nation a en partie dû ses succès au faste de ses acquisitions foncières. 162 ambassades dans le monde, dont les baux emphytéotiques des palais Farnese à Rome, Thott à Copenhague, Buquoy à Prague et de Santos à Lisbonne. Un parc d'eucalyptus de 43 hectares à Addis-Abeba. Le luxe de la Maison Igoumnov à Moscou pouvait entretenir le visiteur étranger dans le sentiment que les Français n'en auraient jamais tout à fait fini avec Versailles et leurs monarques. Ce qui, rappelons-le, n'est pas nécessairement condamnable du point de vue d'un non-Français, bien au contraire. Un Versailles néorusse de la fin du XIXe siècle avec, au rez-de-chaussée, ses terems, ses tours à chatior, ses faïences polychromes et ses colonnes renflées.

Je remis mon anorak au vestiaire, montai à l'étage et pénétrai dans un salon Louis XVI à lustres et moulures. Se rendre à une réception, c'est se préparer avec la même détermination que l'on pouvait mettre enfant à la perspective d'aller, mettons, à un goûter d'anniversaire. Sauf qu'il ne s'y passera rien. Un verre à la main, les convives déjà présents évaluaient d'un œil rapide ceux qui arrivaient puis retournaient à des conversations qui, vues de loin seulement, semblaient intenses et enlevées. Dans un sens, il était rassurant de constater que, malgré la sophistication croissante des plaisirs qu'offrait la société moderne, rien n'était jamais parvenu à égaler celui, vieux comme le monde, de se comparer aux autres.

Le conseiller culturel ressemblait à Pierre Fresnay, l'intensité du regard en moins. Même trait de lèvres fines, même front haut. Sans fesses ni thorax, son maintien pouvait évoquer celui des modèles masculins des cabines d'essayage des années 1930, à qui les couturiers demandaient d'adopter, à quelques variantes près, les poses de leurs consœurs devant les clients. Malgré ses efforts pour se rendre disponible auprès de ses nombreux hôtes, il s'interrompait régulièrement pour aller parlementer avec anxiété avec un jeune homme de type maghrébin très bien habillé, affalé l'air boudeur dans une vaste bergère de velours. Ébranlé par son couple manifestement en crise, le diplomate se redressait néanmoins chaque fois en affichant un sourire vaillant, puis repartait à l'assaut de nouvelles grappes d'invités.

Sur un plateau ambulant de petits-fours, j'attrapai au hasard une mousse sur canapé. Dès la première bouchée, je sentis que la préparation, un truc à base d'anchois probablement, était en train de me donner une haleine effroyable. Je me dirigeai aussitôt vers la table des desserts où, pour compenser, j'avalai tout rond un mini-chou à la crème. Je consolidai ma contre-attaque gustative par un ballon de vin rouge du Languedoc, une poignée de cacahuètes, quelques olives marinées ainsi qu'une verrine d'émulsion de fruits de saison. Je commençais à faire n'importe quoi, il était temps de partir.

Un bref signe de la main au linguiste hongrois qui était en train de tendre sa coupe à moitié pleine au barman chargé du champagne. Tout aussi encombré que moi par son isolement, il semblait y avoir trouvé un remède dans l'ivresse haut de gamme. Un sourire aux dames du personnel administratif de l'Institut français de Moscou qui m'avaient fait signer mon contrat le jour de mon arrivée. Mal assorties aux codes vestimentaires et langagiers de tous les professionnels de la culture présents dans la salle, elles demeuraient à l'écart dans une touchante solidarité de corps.

Je me préparais à gagner pour de bon le vestiaire lorsque le conseiller culturel se planta devant moi. La peau de son visage, qu'il devait régulièrement traiter au nettoyant désincrustant, était d'une propreté irréelle : « Vous partez déjà ? » Il y avait du ressentiment sous son air dégagé. Comme si, ayant omis de venir le saluer au cours de la soirée, il me faisait payer d'avoir eu à s'exécuter lui-même en premier. Je prétextai que les cocktails n'étaient pas mon fort mais que la réception était somptueuse, les amuse-gueules exquis et sa « Semaine française » très réussie.

« On n'est peut-être pas aussi bien que les Britanniques ou les Allemands, dit-il, mais il y a encore deux ou trois choses que l'on sait faire, en France. »

La perfidie m'était à l'évidence destinée. Je répondis par un rire exagéré, tout en me déclarant flatté qu'il eût pris connaissance du sujet de mon livre et, surtout, de mon intervention au cours de ma dernière rencontre à la Maison centrale des Artistes. « On sait même donner une tribune à ceux qui les critiquent peut-être un peu injustement, la France et son action culturelle dans le monde », ajouta-t-il, ne prenant même plus la peine de maquiller ses sous-entendus. « Vous avez déjà vu ça ailleurs, vous ? »

Il jugeait contradictoire ma présence dans ce salon. À défaut d'une justification, il attendait au moins une forme de reconnaissance, des remerciements, des excuses. Je me demandais s'il fallait attribuer son agressivité à une aigreur d'artiste raté ou au différend qui l'opposait à son amant.

« Non, c'est vrai, je n'ai jamais vu ça ailleurs. »

Le temps d'apercevoir le jeune Arabe qui, depuis sa bergère, regardait dans notre direction avec le plus vif intérêt, je pris poliment congé du fonctionnaire et empruntai l'escalier.

À peine plus d'une heure après l'avoir quittée pour la Maison Igoumnov, j'étais de retour dans ma chambre d'hôtel. Un léger sentiment de vanité s'insinuait tandis que j'ôtais mon pantalon, mes souliers cirés et ma chemise fraîchement repassée par le service de blanchisserie de l'étage. Je ne redevins tout à fait moi-même qu'une fois installé sur le lit en T-shirt, slip et chaussettes, la télécommande dans une main et l'autre en attente sur le clavier de mon ordinateur portable en train de s'éveiller. Avec la tiédeur de la pièce climatisée et la fenêtre offrant une vue de nuit sur trois des sept gratte-ciel néogothiques de Staline construits entre 1952 et 1955, je n'imaginais pas de situation plus enviable que la mienne à cet instant-là.

Sur CNN, un reportage s'attardait sur les conflits suscités parmi les héritiers de Nelson Mandela au lendemain de sa mort. Plus loin, une chaîne sportive finlandaise retransmettait en direct un championnat local de curling féminin. J'optai sans hésitation pour le curling. La Finlande n'était, contrairement à l'Écosse ou la Norvège, qu'une nation de second plan dans cette discipline. En conséquence, les longues patinoires restaient relativement épargnées par les banderoles publicitaires, offrant au téléspectateur un incomparable repos visuel. Ajoutons à cela les analyses à peine chuchotées par les commentateurs spécialisés, la concentration des lanceurs filmés en gros plan et les encouragements discrets des rares spectateurs présents dans les tribunes. L'ensemble immergeait en un temps record votre cerveau dans une sorte de ouate laiteuse, l'équivalent en blanc de l'effet procuré par la retransmission intégrale d'un tournoi de billard au Pays de Galles.

De nouveaux messages m'attendaient sur Hotmail. J'ouvris d'abord celui de Lysette M. Thibodeaux, qui se disait enchantée par ma décision, ainsi que par la perspective de notre collaboration. Elle se demandait néanmoins si le titre de ma communication ne serait pas un peu difficile à saisir pour un public non averti.

Je sais bien que l'expression « Une certaine idée de la France », m'écrivait-elle, *est un clin d'œil direct à l'incipit des* Mémoires de guerre *du général de Gaulle (« Toute ma vie, je me suis fait une certaine idée de la France »). Mais, quand même, ne trouvez-vous pas cela excessivement autoréférencé, culturellement parlant ? Par ailleurs, étant moi-même férue de poésie, j'apprécie à sa juste valeur l'assonance « rouillures et verrouillages ». Cependant, si la distinction sémantique entre les deux vocables est parfaitement claire, leur juxtaposition dans un même intitulé de sociologie me paraît insuffisamment neutre et insuffisamment scientifique. Il serait souhaitable de rephraser votre proposition avant toute décision définitive de notre part.*

La notice biographique de Lysette M. Thibodeaux publiée sur le site du département *French and Italian* de l'université d'Iowa nous apprenait qu'elle était originaire de Moncton, au Nouveau-Brunswick. L'historique rancœur du peuple acadien à l'égard d'un royaume de France ingrat et accapareur avait, comme au Québec voisin, laissé quelques traces tenaces au fil des siècles. On pouvait raisonnablement comparer la situation de ces deux ex-colonies à celle d'enfants abandonnés, puis adoptés, puis devenus des adultes accomplis. Ceux-ci n'auraient cependant jamais renoncé à attendre un signe d'amour de la part de leur parent biologique, quitte à le provoquer eux-mêmes. Ainsi me sentais-je ému par l'application ingénue avec laquelle Lysette M. Thibodeaux cherchait dans son courriel à me prouver, moi Français de France, qu'elle était prompte à me remettre à ma place sur le terrain de mes particularismes culturels. Je l'étais encore davantage par les anglicismes émaillant son expression et qui, à son insu, adoucissaient son intransigeance typiquement nord-américaine.

À la télé, la lanceuse venait de lâcher la poignée de sa pierre de granit. Impossible désormais de faire marche arrière, il n'y avait plus qu'à attendre le résultat de ses calculs. Elle suivait d'un regard inquiet la lente trajectoire de son projectile glissant en direction de la cible, quelque quarante mètres plus loin. J'étais hypnotisé par les mouvements de ses deux coéquipières balayeuses qui frottaient frénétiquement la glace devant la pierre afin d'en limiter la décélération. La réponse à Lysette M. Thibodeaux attendrait.

À Paris, où il était trois heures de moins qu'à Moscou, les bureaux de mon éditeur venaient de fermer. Le webmaster avait juste eu le temps de me transférer un mail tout frais qui m'était adressé en anglais par une certaine Janka Kučová. Ce n'est qu'en commençant à lire que je réalisai qu'il s'agissait de la fille rencontrée dans l'après-midi à la Maison centrale des Artistes. Elle m'y avouait froidement que, n'étant pas française, mon livre la faisait bâiller (*It makes me yawn*). Puis, ne sachant exactement combien de temps il me restait à passer dans la ville, elle ajoutait qu'elle souhaitait me revoir avant mon départ. Suivaient son numéro de téléphone et son contact Facebook.

D'où pouvait-elle bien être originaire avec un tel nom de famille ? Serbie ? Pologne ? République tchèque ? Je levai les yeux de mon écran d'ordinateur. Ce que je ressentais était un curieux mélange d'excitation et de découragement. Pourquoi fallait-il, à bientôt quarante-cinq ans, qu'une lolita vienne toujours se mettre en travers de mes bonnes résolutions ? J'avais, depuis plusieurs années, suffisamment trompé Caridad comme cela. Ne m'étais-je pas montré assez dissuasif à la Maison centrale des Artistes ? Ou bien savais-je alors parfaitement que c'était là le meilleur moyen de ferrer l'attention de cette Janka Kučová ? Pourquoi n'y a-t-il pas un âge où la vie finit naturellement par vous détourner du désir ? On dit bien qu'il y a un temps pour tout, non ? Au fond, pensai-je, ce qui me rendait irrésistible aux yeux des femmes, ce n'était pas uniquement mon charisme, mes capacités d'écoute et mes bonnes manières. C'est que je leur donnais l'impression de n'avoir rien à perdre à leur dire non. Que je pouvais indéfiniment dompter ma convoitise. Malgré des millénaires d'expérience humaine et des siècles de religion, le commun des mortels n'avait toujours pas saisi cette clé simple du bonheur : le désintéressement est le placement le plus sûr. À consentir à ne rien vouloir, on gagne à tous les coups.

Je déposai mon laptop sur le lit et me rendis à la salle de bains. Je pissai longuement tout en ruminant les termes de ma réponse à Janka Kučová. Au lavabo, j'approchai mon visage du large miroir en me faisant une fois de plus la remarque que c'est par le tour de l'œil que l'âge arrivait en premier. J'avais également noté, depuis quelque temps, l'apparition de petits bombements de peau molle sur l'arête de mes maxillaires. Ils rompaient l'harmonie de ma mâchoire aux lignes autrefois tendues et me faisaient davantage ressembler à mon père. Je coupai l'eau, attrapai la serviette, quittai des yeux mon image dans la glace. Je pensai que ce n'était qu'en vieillissant soi-même que l'on cessait de se scandaliser de l'attirance des hommes mûrs pour les jeunes femmes. Et que quelques rides et quelques cheveux blancs en plus n'y feraient rien, bien au contraire. C'était dans l'ordre des choses.

L'immeuble possédait pour seul charme l'émotion qu'il allait susciter chez Caridad. Elle localiserait sur la photo le petit appartement qu'avait occupé son père, au troisième étage. Avec son romantisme à toute épreuve, elle tenterait peut-être de se le représenter aux beaux jours, interpellant depuis sa fenêtre un compatriote attendu pour partager un *moros y cristianos* qu'il aurait lui-même préparé par miracle avec les moyens du bord, à base de riz du Turkestan et de conserves de tomates et de haricots rouges négociés au marché noir. Ou bien en train de réviser ses cours d'économie socialiste en plein hiver, avec une couverture sur le dos et un imbuvable café sur la table, rêvant de plage et de parties de base-ball avec ses cousins. Moi, je pouvais difficilement faire abstraction de l'enseigne lumineuse du local commercial du rez-de-chaussée qui mangeait le tiers de la façade du bâtiment. Quant au père de Caridad, c'est plutôt assis devant les chaînes de télé-achat et les jeux télévisés de TF1 que je le visualisais, sa seule activité connue depuis qu'il avait pris sa retraite de la Lyonnaise des Eaux, en 2005.

Le froid était glacial. Je pris à toute vitesse en photo la façade, l'entrée et les abords du bâtiment. Après avoir rangé mon téléphone, je me dirigeai d'un pas leste vers la station de métro Sukharevskaïa au son entêtant des roulettes de ma valise sur le trottoir. Le chauffeur prévu par l'Institut français pour mon transfert à l'aéroport aurait probablement consenti à un détour raisonnable par Tverskoï. Mais le faire patienter pendant mon rendez-vous avec Janka Kučová, ça, je n'aurais pas osé. La concupiscence que cette fille avait réussi à éveiller en moi allait en conséquence me coûter les 100 euros d'une course ordinaire pour Cheremetievo. Sans doute, pensai-je, le prix en numéraire de cette part d'imprévu de mon séjour à Moscou.

Je l'aperçus. Elle était un peu en avance et patientait à la sortie de la bouche de métro. À peine moins apprêtée qu'à la Maison centrale des Artistes, toujours aussi maquillée, ses cheveux débordant de son bonnet bleu ciel à pompons sur sa doudoune de ski blanche, elle paraissait un peu plus jeune.

« Drôle d'endroit pour un rendez-vous », dit-elle en élevant la voix pour tenter de couvrir le vacarme du trafic automobile tout autour. « Vous aviez quelqu'un à voir dans le quartier ? » Je lui répondis sans le moindre battement de cils que j'étais venu prendre en photo l'ancien appartement du père d'une bonne amie à moi. Si j'avais sans difficulté évoqué devant elle Caridad à la Maison centrale des Artistes, y faire de nouveau référence ne me paraissait pas approprié à ce nouveau contexte, plus intime. Le froid interdisant toute conversation prolongée en extérieur, nous entrâmes dans le premier salon de thé. Les nouvelles lois antitabac en vigueur depuis janvier dans le pays épargnaient encore cafés et restaurants. Sur fond d'odeur d'eau bouillante, celle de la cigarette était omniprésente.

Janka Kučová était slovaque, ce qui me parut d'une grande originalité. Comme l'Estonie, je ne savais rien de ce pays. Juste que, jadis rattaché à la République tchèque, il avait comme tous les petits États de la région retrouvé son indépendance peu de temps après la chute du Mur de Berlin. Que sa capitale s'appelait Bratislava et qu'il ne fallait pas le confondre avec un autre petit État de la région au nom proche : la Slovénie. Janka Kučová m'apprit en outre que les gens y skiaient comme ils respiraient et qu'on y comprenait la langue tchèque beaucoup mieux que les Tchèques la langue slovaque.

Elle avait vingt-cinq ans, étudiait depuis deux ans l'histoire des civilisations à l'université de Moscou, où ses parents lui louaient une chambre universitaire très mal chauffée à la tuyauterie capricieuse. Adolescente, elle avait séjourné en Allemagne chez une correspondante de lycée. Plus tard, elle avait voyagé en Hongrie et en Autriche avec des ressources financières limitées, proportionnelles au revenu moyen national très modeste de ses concitoyens. Employée pour six mois au pair en Angleterre, elle avait l'année suivante obtenu une bourse d'un semestre sur la côte ouest des États-Unis pour parfaire son anglais, puis elle avait décidé de poursuivre ses études. Elle disait s'intéresser à l'art, à la littérature, à la psychologie, à l'Histoire et à la politique. Elle avait lu Marx, Shakespeare, Lévi-Strauss. Elle rejetait l'impérialisme occidental mais trouvait trop brutale la vie en Russie. Elle voulait voyager : l'Inde, la Chine et, dans une moindre mesure, la France. C'est la raison pour laquelle, étant curieuse de tout, elle s'était rendue à la « Semaine française » de la Maison des Artistes. Là, elle était tombée un peu par hasard sur cette rencontre à laquelle je participais. Ma façon de m'exprimer, mon visage, mes gestes, mes yeux, tout cela l'avait intriguée. Elle avait désiré en savoir davantage, et puis voilà.

Elle parlait vite, passait sans transition d'un sujet à l'autre tout en me fixant intensément du regard par instants. Tantôt elle plongeait la main dans ses cheveux, tantôt elle portait la petite cuiller de son thé à la bouche pour en tapoter ses lèvres. Son agitation frôlait l'hystérie. On la sentait lutter pour paraître décidée malgré ses objectifs de toute évidence flous.

« J'espère que vous n'avez pas trop mal pris ce que je vous ai dit en partant, hier. »

Elle faisait évidemment référence à ce *Connard de Français* qui avait précédé son départ de la salle de conférence à la Maison centrale des Artistes. Touché par cette ébauche de remords, j'étais sur le point de lui répondre que je l'avais sans doute mérité, mais elle ne m'en laissa pas le temps.

« Mais vous vous êtes vous-même montré particulièrement odieux, reconnaissez-le », se reprit-elle aussitôt sur un ton nettement plus vif de reproche. *I want you to admit it.*

J'hésitai. Allais-je me lever, laisser sur la table un billet pour l'addition, attraper ma valise et abandonner sans un mot Janka Kučová à ses puériles revendications ? Ou bien lui dire que seul un individu sans éducation ni discernement pouvait s'abaisser ainsi à insulter un inconnu, même avec de bonnes raisons de le faire ?

« C'est pour m'engueuler que vous m'avez proposé de nous rencontrer ? » demandai-je froidement. « Non, j'avais vraiment envie de vous revoir. » Le ton sincère de sa réponse donnait une nouvelle orientation à la conversation. « Je voulais simplement que vous me disiez pourquoi vous avez fait ça. » Cette fois, ses mains étaient calmement posées sur la table et ses yeux bleus fixes attendaient de la franchise de ma part.

« Fait quoi ? » dis-je en détournant les miens à la recherche d'un improbable reste de cappuccino au fond de ma tasse. Elle tendit son buste en avant afin de rapprocher son visage du mien : « Admettez que je vous ai plu aussi. »

Je relevai la tête. Son culot m'enchantait.

« Vous ne pouvez pas nier. Je l'ai vu dans vos yeux. Ça se sent, ces choses-là. » Elle me fixa pendant quelques secondes en silence puis finit par se rasseoir au fond de sa chaise. Avec décontraction elle saisit sa tasse, but lentement et la reposa dans un sourire triomphal.

« De toute façon, je le sais. La preuve : vous avez répondu à mon mail et vous êtes venu. »

Je pensai à mon SMS envoyé par erreur à Caridad, un soir que nous nous trouvions tous les deux dans le salon de mon appartement, à Paris. Moi allongé dans le canapé, composant un texto sur mon téléphone portable. Elle corrigeant des copies sur la grande table à manger qui me servait principalement de bureau. J'étais sur le point de me lever pour aller préparer le dîner lorsque le téléphone de Caridad a signalé l'arrivée d'un message moins d'une seconde après que j'eus expédié le mien. Mettant fin au silence insouciant qui régnait jusque-là dans la pièce, elle a eu cette phrase simple : « Je crois que ça ne m'est pas destiné. » J'ai levé la tête. Elle tendait l'écran de son téléphone dans ma direction. Bien qu'incapable, depuis le canapé, de déchiffrer ce qui y était inscrit, j'ai aussitôt compris qu'il s'agissait du rendez-vous que je venais de proposer pour le lendemain à la nouvelle employée du pressing de la rue de la Glacière. Après deux ou trois conversations assez enjouées au-dessus du comptoir de la boutique, la fille avait pris l'initiative de glisser son numéro de téléphone dans la poche de mon pantalon repassé avant de l'envelopper de papier kraft. *Je crois que ça ne m'est pas destiné.* Sous le choc, les fonctions émotionnelles de mon cerveau venaient de couper l'afflux de sang dans mes veines. Le corps fourmillant d'effroi, j'ai rencontré un bref instant le regard de Caridad qui reposait calmement son téléphone sur la table. Puis elle est retournée à ses copies, comme si de rien n'était.

J'avais vécu de comparables moments de stupéfaction honteuse avec d'autres femmes au cours de ma vie. Ils s'étaient tous invariablement soldés par de pénibles séquences où cris, larmes et plus rarement coups avaient alterné à des degrés divers, me laissant chaque fois dans l'impuissance, à cheval entre un sentiment de lâcheté et le soulagement. Avec Caridad, rien de cela. Elle a terminé de corriger sa copie puis est allée récupérer dans ma chambre et à la salle de bains les affaires qu'elle avait apportées de chez elle pour la nuit. Je lui ai proposé de rester dîner. En toute logique, elle a décliné. Pas une lamentation, pas un reproche. Juste une immense tristesse muette et des larmes qui ne tarderaient sans doute pas à couler, une fois seule. À peine un tressaillement lorsque, sur le pas de la porte, j'ai piteusement cherché à la prendre dans mes bras. Je me sentais écrasé par tant de dignité et d'abnégation dans l'humiliation. Elle s'était faite belle pour la soirée. Je regardais son rouge à lèvres et ses boucles d'oreilles brutalement privés de sens désormais, et je pensais qu'il fallait qu'elle me quitte au plus vite parce que je n'aurais jamais le courage de prendre moi-même une telle décision. Qu'on ne quittait pas une femme comme Caridad. Caridad ne savait rien faire d'autre qu'aimer et Caridad avait de la poésie. Et aucune forme d'amour ne pouvait rivaliser avec celui d'une femme qui voit et vit le monde avec poésie. Au moment de refermer la porte d'entrée, sur le palier, elle a même eu la bonté de poser sa main sur ma joue : « Détrompe-toi, Romain, elle m'avait dit dans une tentative désespérée de sourire. Ce ne sont pas les femmes qui ne te laissent pas le choix. C'est toi qui ne sais pas te rendre indisponible. » Je n'ai jamais compris pourquoi ni comment elle en était arrivée, à ce moment précis, à formuler ces propos qui tombaient à pic.

Janka Kučová attendait une réponse. Depuis quelques secondes, je considérais son nez un peu fort à bout rond en me disant qu'elle devait certainement le tenir de son père.

« Que voulez-vous que je vous dise ? soupirai-je en levant la main pour attirer l'attention d'un serveur. Oui, vous êtes belle. Oui, vous êtes jeune. Oui, vous êtes vivante et joueuse. Oui, vous avez l'avantage de votre âge. Oui, j'ai envie de faire l'amour avec vous. »

Un type portant un T-shirt rouge floqué *Made in 1986 – All original parts* s'approcha de notre table. 1986, pensai-je aussitôt, c'est l'année où la fille de mon prof de clarinette m'a dépucelé. De deux ans mon aînée, j'avais été très déçu qu'elle me refusât de lui faire un cunnilingus. C'est ce que j'attendais de prodiguer à une femme depuis toujours, davantage encore que la pénétration. Je commandai au serveur de l'eau minérale et interrogeai Janka Kučová du regard. Décontenancée par mon aveu, elle fit signe qu'elle ne reprendrait rien à boire.

« Mais nous ne le ferons pas. Parce que j'ai près de vingt ans de plus que vous, le sens du ridicule et une compagne que j'aime », dis-je après que le garçon se fut éloigné. *I have a fine sense of the ridiculous.*

« Compagne que vous aimez au point d'accepter un rendez-vous avec une fille de près de vingt ans de moins que vous. » Elle sourit : « D'ailleurs, vous ne faites pas votre âge. »

« C'est tout le problème, dis-je en feignant d'ignorer son compliment qui pourtant flattait chez moi un point particulièrement sensible. Et c'est ce qui fait de moi un type infréquentable : je ne suis pas fiable. Et puis je ne sais jamais ce que je veux vraiment. Il n'y a pas pire pour une femme. Vous perdez votre temps, mademoiselle. » J'avais eu à vingt reprises la même conversation avec vingt femmes différentes au cours de ces dix dernières années. Chaque fois, cela me procurait à bon compte le sentiment d'être un type honnête, au fond. En général, cela effrayait autant qu'attendrissait la fille en face.

Le garçon revint poser la bouteille d'eau et un verre sur la table.

« Vous avez vu la série *House of Cards* ? » demandai-je en dévissant le bouchon de la bouteille. L'allusion à *House of Cards*, en revanche, c'était nouveau, complètement improvisé.

« Oui. J'adore. » Elle me regardait avec l'étonnement que pouvait susciter chez une fille de sa génération un type qui n'avait plus l'âge de faire référence à des séries américaines aussi récentes dans la conversation. Ou qui, au contraire, s'y référait ostensiblement afin de tenter de faire oublier son âge.

« Vous vous souvenez de ce que Frank Underwood dit à Zoe Barnes la première fois qu'il vient chez elle, juste avant qu'ils fassent l'amour ? » Janka Kučová fit non de la tête. « N'oubliez pas qu'il a trente ans de plus qu'elle, hein ?, ajoutai-je dans un sourire entendu. Eh bien Frank lui demande : *Tu as déjà connu des hommes plus âgés, n'est-ce pas ?* Zoe répond oui. *Donc tu sais qu'ils te feront mal. Et qu'après t'avoir fait mal, ils se débarrasseront de toi sans scrupule.* »

Je laissai s'installer un silence au cours duquel je versai l'eau minérale dans le verre et bus une longue gorgée.

« Et elle, que lui répond-elle ? » demanda Janka Kučová, qui s'efforçait de se montrer aussi détachée que possible sur le sujet.

« Elle lui répond : *Tu ne peux pas me faire mal.* »

Je posai mon verre, me tournai de nouveau vers la salle à la recherche du garçon et lui fis signe en montrant ma carte Visa d'apporter l'addition.

« Et puis d'abord, dit-elle en durcissant le ton, qu'est-ce qui vous fait penser que moi aussi j'ai envie de coucher avec vous ? Je vous trouve bien sûr de vous. » *You're so overconfident.*

Refusant de jouer cette classique partie de séduction où il m'eût fallu progresser par étapes, j'étais en train de lui gâcher son plaisir de jeune femme romantique.

« La différence entre vous et moi, poursuivis-je en tendant ma carte au serveur, elle est précisément là : la fatigue, la fin de l'enthousiasme, un pragmatisme qui ne s'encombre plus de rien. À mon âge, mademoiselle, avec une longue pratique amoureuse derrière soi, on va droit au but. Et tant pis si l'on déplaît. Vous voyez bien que je ne vaux pas le coup pour vous. »

Un peu théâtralement, je tapai mon code sur le terminal portable que me tendait le serveur et me levai en lui laissant un pourboire. Cette repartie-là aussi, je l'avais déjà utilisée au moins vingt fois.

Janka Kučová hésita. Entraînée par ma propre détermination, elle finit par se lever à son tour, passa sa doudoune, et nous nous retrouvâmes en silence sur le trottoir. Par contraste avec la chaleur excessive du salon de thé, l'atmosphère dehors semblait polaire. « Je peux vous offrir un taxi pour rentrer chez vous ? proposai-je dans un sourire de réconciliation. C'est pour me faire pardonner mon inélégance d'hier. Et d'aujourd'hui aussi. » Sous son *merci* minimal et stoïque, je la sentais émue par ma proposition. La politesse désintéressée, elle ne devait pas être habituée non plus.

Un véhicule privé s'approcha, que je congédiai d'un geste, puis un autre. Puis un taxi jaune s'arrêta à notre hauteur. Je tendis un billet de mille roubles à Janka Kučová et lui ouvris la portière.

« On se quitte comme ça, alors ? » dit-elle dans un bref nuage de vapeur buccale. Il y avait un joli mélange d'urgence et d'abandon dans l'expression de son visage. Je me penchai, la pris dans mes bras et allai presser calmement mes lèvres contre sa joue encore chaude. Je restai ainsi de longues secondes à humer sur sa tempe un parfum trop riche tout en éprouvant sans ambiguïté la fermeté volumineuse de ses seins sous la doudoune. Des adieux comme celui-ci, pareil : je connaissais par cœur.

2

Nous étions dans le canapé de mon salon avec Caridad. Il y avait du foot à la télé. Si, après huit ans de vie de couple avec elle, je me permettais enfin de ne pas changer de chaîne en sa présence pendant les matches, je veillais néanmoins toujours à ne pas me laisser complètement absorber par le jeu et à conserver pour elle une disponibilité de principe. Sur l'afficheur de score, les noms des deux équipes étaient réduits à des sigles pouvant évoquer les codes à trois lettres des aéroports internationaux : NRW contre BVB. Quelles villes cela pouvait-il bien représenter ? Intrigué, dans l'attente d'indices supplémentaires, je gardais un œil sur l'écran tout en montrant à Caridad les photos que j'avais prises de l'immeuble de son père le matin même, à Tverskoï.

Elle était, à raison, un peu déçue.

« Il n'y avait vraiment pas d'autre moyen d'obtenir un meilleur angle de sa fenêtre ? »

« Sans doute », répondis-je, modeste. Afin de me rendre plus convaincant, je posai ma main libre sur sa nuque. Je commençai à la masser en m'efforçant de ne pas paraître trop machinal. « Mais cette enseigne prenait *vraiment* toute la place, ma puce. Je t'assure que j'ai tout essayé. »

Je ne saurais dire ce qui chez Caridad m'émouvait le plus : son dépit sincère de ne pouvoir apposer d'illustration plus flatteuse sur l'histoire d'un père qu'elle adorait mais qui le lui rendait mal, ou bien qu'elle ne songeât pas une seconde à remettre en cause ma bonne volonté dans cette affaire de photo.

Sur le dos des maillots des joueurs en jaune canari, on pouvait lire pas mal de patronymes anglo-saxons. La mixité raciale de l'équipe, les marques spécifiques d'opérateurs de téléphonie mobile sur les encarts publicitaires, du genre O_2, l'absence de clôtures entre les tribunes et la pelouse : tout indiquait qu'ils jouaient à domicile, en Angleterre. NRW : Norwich ? En face, la majorité des noms étaient germaniques. BVB : Brême ? Bonn ? Bochum ?

« Je sais parfaitement qu'il s'en fout, poursuivit Caridad sur un ton mi-ferme, mi-résigné, presque de révolte. Mais je vais quand même les lui montrer, ces photos. Juste pour voire sa réaction. »

Vouloir le bien de nos proches, pensai-je, c'est d'abord chercher à s'apaiser soi-même. Non que les trois ans qu'Alberto avait passés en URSS lui eussent laissé un mauvais souvenir. Il ne voyait tout simplement pas l'utilité d'évoquer une période depuis si longtemps révolue, au cours de laquelle il ne lui était rien arrivé de remarquable, c'est-à-dire où il n'avait pas eu la possibilité de gagner ne fût-ce qu'un peu d'argent à économiser. Tout le reste : ses études, la langue russe qu'il avait apprise, la politique et les rencontres, ça ne comptait pas. Fidèle depuis son veuvage à quelques animateurs historiques de la télévision française, acceptant sans difficulté les nouveaux venus ainsi que les changements d'identité visuelle que les chaînes privées et publiques opéraient tous les cinq ans, il avait traversé les décennies avec cette capacité d'adaptation des gens simples qui ne s'encombrent ni de nostalgie ni d'avenir.

Les Allemands venaient d'ouvrir le score. Une belle infiltration en triangle dans la surface de réparation qui s'était terminée par un tir à ras de terre frôlant le poteau et qui n'avait laissé aucune chance au gardien. Rien de très spectaculaire mais de la méthode, de l'obstination, un solide sens du collectif et un résultat concret. Bref, les traditionnelles mais non moins toujours vérifiées qualités germaniques. Ce but avait donné l'occasion au réalisateur de l'émission d'insérer plein cadre un afficheur de score plus détaillé, où apparaissaient le nom du buteur ainsi que celui, intégral, des deux équipes. NRW correspondait bien au Norwich City Football Club. Quant à BVB, il s'agissait du Borussia Dortmund. Comment pouvait-on désigner une ville par un sigle sans y avoir recours au moins à la première lettre de son nom ?

« Mais bon, c'est quand même sympa d'y être allé, merci », ajouta Caridad, dont je refusais d'imaginer l'état de stupeur si elle m'avait vu, à moins de deux cents mètres de la maison de son père, le nez enfoncé dans le cou parfumé de Janka Kučová juste avant qu'elle ne monte dans son taxi. Aussi redoublai-je d'avidité dans mes caresses, insistant au passage sur la naissance de la colonne vertébrale et les cervicales. Comme Caridad avait fermé les yeux sous l'effet du délassement, j'en profitai de ma main libre pour quitter l'album photo de mon smartphone et entrer dans le navigateur internet les mots *Borussia Dortmund*. Wikipédia m'informa aussitôt que le club, fondé en 1909, avait pour appellation complète Ballspiel-Verein Borussia, littéralement *Club de jeu de balle de Prusse*. Tout s'expliquait.

Les yeux toujours clos, gémissant de volupté par intermittence sous la pression de mes doigts, Caridad tourna la tête et se mit à embrasser mon avant-bras. À chaque baiser, elle ouvrait légèrement la bouche tout en laissant pointer sur ma peau sa langue chaude et humide. Ses intentions étaient claires. Par égard pour son initiative et aussi par compassion, je poussai à mon tour un grognement tout en vérifiant pour la trentième fois de la soirée sur l'écran de mon téléphone portable, dont par expérience je maintenais désactivés tous les sons d'alerte, si je n'avais pas reçu de message. Cent fois par jour, comme tant d'autres propriétaires de smartphones, je vérifiais. À quoi cela pouvait-il bien tenir ? Je n'en savais rien. Je n'attendais rien dans ma vie ni de la vie en général qui ne méritait une telle aliénation. Hormis, peut-être, des messages de femmes.

Coup de chance, il y avait un mail de Janka Kučová. Pas vraiment une surprise, plutôt une joyeuse confirmation que j'accueillis, en conséquence, avec un bonheur raisonnable. Il me paraissait désormais hautement probable que je finirais par coucher avec cette fille. Ce n'était plus qu'une question d'emploi du temps, d'organisation et sans doute d'argent aussi. Caridad, elle, avait entretemps posé sa main sur l'intérieur de ma cuisse et s'était mise à caresser la toile de mon jean en cercles de plus en plus amples et appuyés. Inclinant mon portable de sorte qu'elle ne puisse lire ce qui était inscrit sur l'écran au cas où elle rouvrirait les yeux, je lus : *Bonjour !* (en français dans le texte) *Êtes-vous déjà à Paris ? Avez-vous retrouvé votre fiancée ? Je ne devrais pas dire cela à un être aussi suffisant que vous, mais j'ai aimé la façon dont vous m'avez touchée ce matin. Ce fut, comment dire... Wow ! Vous savez donner envie d'en vouloir davantage.*

You know how to make a girl want more. Caridad m'empoignait fermement les couilles à présent. Je posai mon Samsung sur l'accoudoir du canapé et débouclai ma ceinture tout en lissant avec insistance ses cheveux le long de ses tempes. Beaucoup avaient blanchi au cours de ces deux dernières années. Elle acheva de déboutonner mon jean, baissa hâtivement mon slip par-devant, y plongea la main comme une possédée, saisit mon membre endormi entre ses doigts puis l'engloutit goulûment. Je fermai les yeux à mon tour et tentai de toutes mes forces de me représenter Janka Kučová nue. Ses tétons étaient-ils naturellement érectiles ? Les grandes lèvres de sa chatte, pincées ou bien charnues au point de déborder par en dessous des strictes limites de sa fente lorsqu'elle se tenait debout, jambes légèrement écartées ? Mouillait-elle abondamment, une fois excitée ? J'avais beau grogner de désir pour me stimuler, mon sexe demeurait résolument flasque dans la bouche de Caridad. Elle s'obstinait avec une détermination attendrissante mais, rien à faire, je savais que je ne durcirais pas. Ces fiascos étaient devenus de plus en plus courants entre nous depuis quelques mois. À force de la tromper avec des femmes généralement plus jeunes, j'avais fini par ne plus éprouver le moindre appétit pour elle. Un stupide problème de plis et de phéromones, pensai-je tout en m'empêchant de respirer par le nez afin d'échapper aux âcres relents de son haleine qui me parvenaient entre deux apnées de succion. Je méprisais mon involontaire cruauté. Était-ce si mauvais que cela, de naturellement manquer de cœur à ce point ?

À la télé, Dortmund venait d'inscrire un second but. J'avais raté l'action mais le ralenti ne tarderait pas. Pour l'heure, avec ce sens souverain de la pondération propre aux Allemands, le type qui avait marqué célébrait l'accomplissement de sa tâche d'un simple poing fermé, son avant-bras dressé devant lui comme une matraque après la bastonnade.

On diffusait un reportage préenregistré au journal de 7 heures de France Culture. Un assistant en profita pour me faire entrer dans le studio puis m'indiqua mon siège à la table ronde des journalistes de l'émission. Trois d'entre eux y étaient déjà assis et, levant poliment la tête de leurs notes, me rendirent un salut affairé.

« Vous y allez fort, quand même », me glissa hors micro Marc Voinchet dans un sourire tout en pointant devant lui mon livre farci de Post-it. Producteur et animateur des « Matins de France Culture », l'homme avait l'air tout aussi sympathique au naturel qu'au son de sa voix. J'avais lu la veille sur internet qu'il se réveillait chaque jour à 3 h 30 du matin pour se rendre en taxi à la Maison de la Radio, ce que semblaient illustrer ses yeux tombants tout aussi épuisés que débonnaires. Le temps pour moi de chercher quelque chose à lui répondre, il m'interrompit d'un geste d'excuse et pressa sa main contre l'un des écouteurs de son casque, dans lequel le réalisateur de l'émission, depuis l'autre côté de la vitre, était probablement en train de lui livrer d'ultimes indications avant la reprise du direct. Les studios de radio du Service public sont des pièces insonorisées et feutrées où, lorsqu'ils n'occupent pas l'antenne, les chroniqueurs retouchent inlassablement leurs papiers dans une atmosphère studieuse sans s'adresser entre eux le moindre mot. Seul le célèbre polémiste Brice Couturier évoquait au téléphone un problème de travaux mal réalisés dans la salle de bains de son appartement.

L'assistant qui m'avait placé revint me déposer un café tandis que le journaliste chargé du flash d'informations annonçait la reprise des « Matins » de Marc Voinchet avec un invité : moi. Reprenant le contrôle de l'émission, Voinchet s'anima aussitôt, remercia son collaborateur, me jeta un rapide coup d'œil par-dessus la mousse protectrice de son micro et lut sans préambule :

Toute personne ayant un jour emprunté l'Eurostar vous le dira : il n'y a pas commune mesure entre l'effet produit par l'aspect des gares du Nord, à Paris, et de St Pancras, à Londres. Qualité de l'accueil et des services, fonctionnalité, espace disponible, design, propreté, entretien : les Français sont, de très loin, battus sur tous les fronts. Il n'y a pas que les usagers ou les touristes qui font la comparaison. Des dizaines d'articles de presse paraissent chaque année sur le sujet depuis la mise en fonction de la liaison entre les deux capitales, et on dit le maire de Paris, Bertrand Delanoë, particulièrement sensible à la question. Mais le temps passe et rien ne change. À Paris, les moutons de poussière s'accumulant par grappes sur les structures métalliques de soutien de l'édifice, l'exiguïté des salles d'attente, les tags sur les murs, les poubelles qui débordent, les sols constellés de traces de chewing-gum et de flaques séchées de liquides renversés, les lunettes des toilettes maculées d'urine, etc.

À Londres, cette impression dès la descente du train que la gare vient juste d'être inaugurée. On ne mesure pas toujours à quel point c'est dans le détail de la maintenance de l'espace public de ses grandes villes qu'on diagnostique le mal et les tares de tout un peuple.

« Voilà, le ton est donné, c'est extrait de la page 63 d'*Au pays du p'tit*, ajouta Voinchet. Ce pays dont il n'est pas un scoop de vous révéler qu'il s'agit du nôtre, la France. Et c'est son auteur, sociologue, qui est l'invité des "Matins" jusqu'à neuf heures. Bonjour, Romain Ruyssen. »

Il observa une courte pause en fronçant à mon intention des sourcils gentiment réprobateurs et lança une première question : « Vous pensez vraiment que c'est en astiquant ses trottoirs et en réparant les chasses d'eau de ses cafés que la France va retrouver son rang de grande puissance ? »

« Oui », lui répondis-je sans hésitation sur un ton dénué d'humour tandis que, détournant brutalement ses yeux des miens, il adressait de nouveaux signes au personnel technique, derrière la vitre. J'avais l'étrange sentiment de parler dans le vide malgré l'écoute de centaines de milliers d'auditeurs invisibles à travers le pays. Je me rapprochai du micro.

« Pour le long chapitre que je consacre à Londres, justement, j'ai mené une enquête auprès de près de cent Français résidant là-bas. Si ça l'intéresse, le lecteur trouvera le questionnaire que je leur ai soumis ainsi que les statistiques précises en annexe du livre. J'ai interrogé trois catégories d'immigrants : des jeunes qui étaient là pour un séjour bref, entre trois mois et un an, le temps de parfaire leur anglais et d'ajouter à leur CV une première expérience professionnelle à l'étranger, généralement barman, serveuse ou vendeur. Les seconds travaillaient en tant qu'expatriés au sein d'entreprises britanniques ou françaises pour des contrats allant de deux à cinq ans. Les troisièmes, enfin, tout en conservant leur nationalité française, avaient décidé de s'installer définitivement à Londres en famille et de ne plus "rentrer" en France que pour les vacances. Dans la série de questions relatives à la motivation de leur choix de Londres, la plupart mettent en avant les opportunités d'emploi meilleures qu'en France. Ceux qui ont créé leur entreprise parlent de l'allégement des procédures administratives et les catégories à revenus élevés finissent toujours par évoquer la fiscalité plus avantageuse outre-Manche. Dans une deuxième série de questions, davantage liées à leur mode de vie, beaucoup évoquent à propos de Londres la politesse des gens, le civisme, le soin apporté aux infrastructures publiques, la propreté du métro, le respect des règles dans l'espace commun, les jardins publics plus vastes et plus arborés, les pelouses sans papiers gras, le parc des *Boris bikes* en bien meilleur état que celui des Vélib, etc. Certains ont, à mes yeux, assez bien résumé la situation en disant que, si dans le domaine de la restauration, des supermarchés, des services et des biens de consommation, le haut de gamme reste comparable entre les deux capitales, Londres demeure imbattable pour la vie de tous les jours. Bref, elle offre une meilleure *qualité de vie.* »

Du coin de l'œil, j'apercevais Brice Couturier, manifestement intéressé, qui approuvait de la tête.

« Rien de vraiment nouveau là-dedans, poursuivis-je avec assurance. Ce qui est intéressant, c'est plutôt de constater à travers cette enquête combien Londres aura changé nos compatriotes l'espace de leur séjour. Perçue depuis une France restée, disons-le, assez provinciale par rapport au monde anglo-saxon, Londres, c'est un peu l'Amérique. Là-bas, avec la langue et le lien historique que l'Angleterre entretient avec les États-Unis, nos compatriotes se sentent au cœur du monde moderne. Presque les figurants d'un long métrage hollywoodien permanent. Sous l'effet de la fascination, ils adoptent en quelques semaines des comportements qu'ils n'avaient pas en France : on ne fraude plus dans le métro en sautant par-dessus les barrières, on ne jette plus ses mégots à terre, on tient sagement sa droite dans les escalators, on fait la queue sans chercher à resquiller et, surtout, on se plaint moins. On se met à respecter les règles et à respecter les autres, on apprend à devenir responsable, à patienter, à remplacer la mauvaise humeur et les frustrations par du dynamisme, et l'on finit par se rendre compte que cela donne du sens à la vie, cela rend la vie plus intense et plus stimulante, surtout au sein d'une ville de huit millions d'habitants. Et beaucoup vous disent que, sitôt revenus en France, ils retrouvent naturellement leurs mauvaises habitudes à cause d'un contexte général de *laisser-aller*, d'*indiscipline*, de *laxisme*, d'*assistanat* et de *morosité*. Ces cinq mots ne sont pas de moi, ce sont ceux qui reviennent le plus fréquemment parmi les réponses à mon questionnaire et dans les entretiens. Étendez cette discipline et cet optimisme à la vie politique, au monde du travail et de l'entreprise, à l'école et aux rapports intercommunautaires : vous avez là des enjeux considérables à l'échelle d'une nation. »

Jugeant ma chute acceptable, je me tus et avalai une brève gorgée de café tiède. Brice Couturier, l'air inspiré, modifiait au stylo des passages entiers du texte de la chronique qu'il lirait à 8 h 15. Marc Voinchet consulta rapidement l'une des innombrables feuilles de notes étalées devant lui, puis rouvrit mon livre :

« C'est ce qui vous fait écrire, cette fois p. 316, je cite : *On ne réformera jamais sans s'être décidé à mener parallèlement une véritable révolution culturelle en important de l'étranger des modèles à appliquer sur-le-champ. Montrons au téléspectateur français qu'en Espagne on peut faire la fête au-delà de vingt-deux heures sans que les voisins aient besoin d'appeler la police et qu'aux Pays-Bas on peut recruter des lycéens aux caisses des supermarchés le 1er janvier sans que cela choque leurs parents. Et faisons confiance à notre solide culture latine pour que nous cherchions à ressembler à des Scandinaves, des Britanniques ou des Allemands, mais sans jamais y parvenir tout à fait.* »

Je hochai fermement la tête. Si de tels propos pouvaient sembler utopistes, je n'y eus changé la moindre virgule pour rien au monde.

« On vous sent très vindicatif à l'égard de la France et des Français tout au long de ce livre, reprit Voinchet. Quasi à chaque page, on a envie de vous demander : Mais qu'est-ce qu'elle vous a fait, la France ? Pourquoi tant de haine ? »

« Je ne la hais pas, la France, protestai-je. Au contraire. »

« Allons, me coupa Voinchet. Je lis encore, page 76 : *Humilié par l'Occupation, aigri par la Collaboration, castré par la Libération, coupable d'avoir davantage été épargné que les Anglais par les bombes et les ruines, moins brave que les autres, toute cette honte contrastant avec une gloire impérialiste encore fraîche, le Français développe dès l'immédiat après-guerre une forme orgueilleuse de haine de soi.* »

« Vous voyez bien que ce n'est pas la France que je mets en cause, mais les Français », dis-je en me tournant vers Brice Couturier qui, sourire aux lèvres, continuait d'opiner du chef.

« Pardon aux auditeurs qui jugent que nous consacrons un peu trop de temps aux citations ce matin, s'excusa Voinchet. Mais ce livre est par moments franchement irrésistible. Je continue, toujours page 76 : *Résultat, soixante-dix ans plus tard : pas de* Marseillaise *entonnée dans les stades, pas de drapeau français cousu sur le sac à dos des routards en voyage, un patriotisme compassé affiché lors des grandes célébrations nationales (le même embarras qu'au moment de chanter en chœur à l'église), une esthétique tricolore devenue l'apanage exclusif de l'extrême droite (un exemple unique au monde). Mais aussi, tous les symptômes d'un refoulement névrotique de ce sentiment général de culpabilité : râlant, soufflant par le nez, gonflant les joues, roulant des yeux, abusant des* rhôlâlâââ *et des* pfff, *le Français possède (phénomène également unique au monde) tout un lexique corporel et une gamme variée d'onomatopées pour exprimer son exaspération congénitale, véritable sport national.* »

Couturier rit franchement à ces derniers mots.

« *Fragile et gâté,* insistait gaiement Voinchet en levant l'index, *on le sait premier consommateur d'antidépresseurs au monde et les sondages le désignent régulièrement champion de la déprime parmi les populations développées. Craintif, on ne lui a appris à ne concevoir d'existence viable qu'à travers l'attribution inconditionnelle de congés payés, de CDI, RTT, carte Vitale, RSA et autres garanties à vie de sécurité et de prise de risque minimale. Volontiers moqueur et ricanant, tout est chez lui sujet à dérision et à "diminutivisation" du monde, y compris l'objet de ses aspirations les plus profondes, lesquelles sont en premier lieu tournées vers les loisirs et les plaisirs de bouche : un p'tit resto, un p'tit ciné, un p'tit café, une p'tite balade, un p'tit week-end, un p'tit bordeaux, un p'tit dessert, etc.* »

« Ce n'est plus une étude, c'est un pamphlet poujadiste », fit fougueusement Voinchet en reposant mon livre sur la table.

« L'outrance verbale et la provocation sont un choix délibéré qui ne vaut pas moins que la pondération de façade de mes collègues plus éminents, répliquai-je sur un ton résolument défensif. Il y en a assez, de nier nos travers et dysfonctionnements nationaux. Ou, pire, de les considérer avec indulgence, voire avec la conviction intime que c'est ce qui fait notre charme aux yeux de la planète. Il est temps de secouer les Français pour de bon et de les mettre en face d'une réalité à laquelle nos politiques, nos médias et nos intellectuels n'ont jamais songé à nous préparer : nous sommes un peuple exceptionnellement conservateur, frileux, paresseux, infantile, hystérique, individualiste, arrogant et égoïste. Très Front national, en quelque sorte. Nous sommes devenus depuis le milieu des années 1960 les champions toutes catégories de la noyade dans un verre d'eau. Voici cinquante ans qu'on nous enseigne à nous scandaliser de tout ce qui pourrait remettre en cause nos petites habitudes de préretraités. Et, tout le problème, c'est qu'il est devenu impossible de penser autrement. Nous avons désormais l'indignation rivée à notre ADN. »

Tout en reprenant mon souffle, je me tournai délibérément vers Voinchet :

« Je vous le demande, Marc Voinchet : est-ce si inhumain que cela, de suggérer d'ouvrir nos magasins le dimanche ? D'avoir à payer de notre poche une petite partie du prix de nos médicaments ? De réduire la durée de notre congé parental et de nos interminables vacances scolaires d'été ? De passer de onze à neuf jours fériés par an, comme dans toutes les économies européennes sérieuses ? De reculer de deux ou trois ans l'âge du départ à la retraite ? De modérer notre obsession du CDI pantouflard ? »

Pour me signifier qu'il ne prendrait en aucun cas parti sur la question, Marc Voinchet haussa des épaules impuissantes.

« La fameuse *exception française*, poursuivis-je à bout d'arguments, fut un leurre qui ne doit sa relative longévité qu'à une économie maison qui ne trouve plus sa place dans le libre-échange mondial d'aujourd'hui, ce n'est pas moi qui l'ai inventé, ça se dit et ça s'écrit partout. Y compris d'ailleurs par Brice Couturier chaque matin à cette antenne. »

C'était clairement un appel du pied à l'intéressé dont, par pudeur, je m'abstins de vérifier la réaction. Mais, dans le flou de mon champ de vision, je le sentais flatté.

« La prescription est très simple : il nous faut changer de culture et de mentalité à tout prix, conclus-je, nous n'avons plus le choix. Il faut faire en politique comme dans la restauration parisienne : en finir une bonne fois pour toutes avec ces cafés-brasseries auvergnats traditionnels, moches, ringards, mal entretenus, où l'on est mal reçu et où l'on mange mal, pour se tourner vers des établissements de norme internationale, peut-être plus chers, peut-être soumis aux caprices de la mode, mais tellement plus propres, plus appétissants et plus respectueux des clients.

Il faut savoir ce qu'on veut. Et, je me répète, en finir avec un État providence qui a fait de nous des citoyens capricieux, passifs et perpétuellement insatisfaits. Et également avec ce traditionnel *principe de précaution* et un certain nombre de nos sacro-saints *acquis sociaux*. Arrêter avec les mots du passé, ces expressions du type *désengagement de l'État* et *étranglement budgétaire*, tout ce vocabulaire de cordon ombilical mal sectionné. Ça se fait partout ailleurs en Europe avec des résultats concrets, pourquoi serait-ce encore un problème pour nous ? De quoi avons-nous peur ? Eh bien, pardonnez-moi d'enfoncer une nouvelle porte ouverte, de nos *partenaires sociaux* comme on dit, de nos si rétrogrades syndicats. Quant à Poujade, Marc Voinchet, vous le savez très bien, il s'agit encore une fois d'un concept franco-français sans aucune résonance nulle part ailleurs dans le monde. Pourquoi faudrait-il que l'on se sente idéologiquement coupable d'appeler avec un peu de fermeté les gens à se responsabiliser et à devenir adultes ? De grâce, de l'audace. De grâce, grandissons. »

« Nous avons reçu un paquet de tweets et de messages sur Facebook, là », enchaîna Voinchet en considérant l'écran de l'ordinateur installé devant lui. Sa main posée sur la souris, il faisait défiler des pages entières de textes courts.

« Il va falloir vous cramponner un peu », ajouta-t-il en m'adressant un petit sourire compatissant.

Il lut : « Michel, de Mantes-la-Jolie, vous dit ceci : *Si la France et les Français sont à ce point méprisables, que peut bien valoir ce que vous en attendez en participant à cette émission ?* Je continue, au hasard : *Dépenser les 20 euros de votre livre pour se battre la coulpe ?* demande Cyprien, de Nantes. *À ce prix-là, je préfère encore renoncer à mes remboursements Sécu du mois de janvier.* Un brin taquin, Cyprien », commenta Voinchet avec un fond d'accent méridional.

Il poursuivit : « Agnès, de Montpellier : *J'ai passé six ans à Londres et les Anglais sont loin d'être le modèle de civisme que vous décrivez. Sous leurs dehors tolérants et policés, je les ai trouvés glacés, glaçants, calculateurs et profondément obsédés par l'argent. Mes amis, c'est plutôt dans les autres communautés européennes expatriées que je les ai trouvés, et parmi eux, je n'y peux rien, mais il y avait pas mal de Français. En France, on râle peut-être mais on est humains. Mettez vos préjugés à l'épreuve de la réalité, monsieur.* »

« Abdel, de Paris, rajouta Voinchet : *Je vous ai lu et je vous dis merci. Enfin un livre qui prend en compte sans langue de bois les problèmes des Français d'origine autre que française. Votre plaidoyer en faveur des statistiques ethniques, du port du voile à l'école et du communautarisme, notamment, est extrêmement convaincant. Tenez bon.* Ah, quand même, s'enthousiasma l'animateur, vous ne vous êtes pas fait que des ennemis. Allez, une petite dernière. Jacques, de Vincennes : *Quoi de plus français et d'actualité que critiquer la France avec virulence ? Encore du french bashing ? La belle affaire ! Votre invité s'inscrit sans s'en rendre compte depuis le début de cette émission dans une tradition voltairienne de condescendance vis-à-vis du peuple aussi ancienne que le béret basque ou le camembert. Mais je doute qu'il rencontre avec ces banalités libérales la même postérité que l'auteur de* Micromégas. »

« Bon, reprit Voinchet avec calme. Entre nous, vous l'avez un peu cherché quand même, non ? »

« Je pense en effet que tous ces commentaires sont de bonne guerre, dis-je en tripotant nerveusement le bord de mon gobelet en plastique, où ne subsistait plus qu'un fond froid de café. Mais ils me confortent dans ce qui est la thèse principale de mon livre, à savoir que la capacité d'écoute des Français est par nature incompatible avec leur goût à double tranchant pour la polémique et le commentaire stérile. Comme dans la boutade, j'ai le sentiment que notre regard ne cessera jamais de fixer le doigt pointant l'étoile dans le ciel, pas l'étoile elle-même. »

D'un rapide coup d'œil, je vérifiai que Brice Couturier continuait d'acquiescer à mes propos.

« C'est le propre d'une culture, repris-je sur un ton plus pédagogue, que de ne pas être destinée à se renier elle-même, me direz-vous. D'accord. Sauf que la nôtre est particulièrement pernicieuse en ceci qu'elle s'est fait pour spécialité un esprit critique qui a donné du bon avec, mettons, Voltaire comme disait Jacques de Vincennes tout à l'heure. Et, à haute dose, qui a donné du beaucoup moins bien avec notre conception paternaliste de la pensée des autres. Notre croissance a beau être au point mort, nos universités sans rayonnement hors de nos frontières, nos politiques atones et sans vision, nos intellectuels, nos cinéastes et nos écrivains ont beau n'intéresser personne d'autre que nous-mêmes, on prendra toujours les Anglo-Saxons et les Latins, et a fortiori le reste des peuples du monde, pour moins malins que nous parce que moins capables de tourner en dérision leurs propres certitudes. D'où l'illusion tenace de notre vocation à éclairer le monde. Nous croyons notre pensée critique insubmersible alors qu'elle n'est qu'une forme purement théorique et improductive de l'intelligence. »

Marc Voinchet, manifestement pressé, me fit aimablement signe du doigt que l'heure tournait et qu'il me fallait conclure.

« Bref, dis-je, significativement refroidi dans mon élan. Demandons-nous une bonne fois pour toutes pourquoi les Allemands, les Anglais, et peut-être demain les Italiens et les Espagnols, font mieux que nous. Parce qu'ils sont *incarnés*, tout simplement. Parce qu'ils ne se regardent pas être, *ils sont*. On oublie souvent dans ce pays que ne pas trop penser, c'est agir. Notre identité à nous, c'est de commenter celle des autres. Et c'est là que les Français issus d'autres cultures ont une carte essentielle à jouer avant d'être à leur tour dévitalisés par cette énorme machine à fabriquer des citoyens invertébrés qu'est la France : ils sont à même de nous réapprendre à nous appartenir. »

« *Réapprendre à nous appartenir*, répéta Voinchet avec énergie, je crois que c'est maintenant tout à fait clair, nos auditeurs auront parfaitement compris le message. »

Alors qu'il annonçait la chronique de Philippe Meyer, ne sachant plus trop à qui m'adresser, je me levai et allai me resservir moi-même du café chaud dans le fond du studio, où croissants et jus d'orange étaient laissés à la disposition des invités de l'émission. À 8 h 15, juste après le journal, Marc Voinchet céda la parole à Brice Couturier. Visage aviaire, l'œil encore vif malgré les cernes et la peau molle non rasée du visage, du ton tranquille de celui qui se sait attendu et commenté, il débuta sa chronique en ces termes :

« Être traité de traître à la nation, de vendu aux Allemands, de cireur de pompes pour Britanniques, de faux gaucho, de libéralo-salaud, voire de crypto-facho, vous êtes bien placé pour le savoir mon cher Marc, ça me connaît. Mais je dois dire qu'après la lecture du livre de notre invité, je ne me suis jamais autant senti animé de bons sentiments que ce matin. »

La feuille de sa chronique à la main, il baissa d'un cran sur son nez ses lunettes de lecture et releva vers moi des yeux sévères :

« Car autant vous le dire tout de suite, monsieur, si j'ai pu à de rares moments vous rejoindre sur votre diagnostic, je ne suis en revanche pas d'accord avec vous sur l'analyse, et encore moins sur la méthode à préconiser. Mais alors, pas d'accord du tout. »

Il était encore tôt mais la nuit était déjà bien installée dehors. Je m'affalai dans mon canapé, ouvris mon ordinateur et me rendis directement sur Facebook. Janka Kučová avait accepté la proposition d'amitié que je lui avais faite sous pseudonyme. Sur sa page, elle avait laissé accessibles une série d'albums photos classés par noms de villes et par dates : *Birmingham (novembre 2011), Seattle (avril 2012), Hambourg (décembre 2012), Prague et Bratislava (février 2013)*, etc. Je cliquai sur *Moscou (octobre 2013)*, le plus récent, qui comprenait deux cent treize photos. Au pub, au restaurant, à la gare, dans sa chambre universitaire, au musée, sur un pont ou sur la place Rouge, de jour comme de nuit, Janka Kučová apparaissait invariablement entourée d'autres étudiants. Une vie ordinaire de *jeunes*, avec des pintes de bière accumulées sur les tables, des anniversaires à fêter et des poses joyeuses et sagement anticonformistes à prendre dans les parcs ou devant les monuments célèbres de la ville. L'existence perçue comme une production des studios Walt Disney, mais où l'alcool serait autorisé. Moi qui dans ma jeunesse n'avais jamais été un *type à potes*, je ne savais trop si j'enviais cette vie en groupe ou si elle m'effrayait. La plupart d'entre eux semblaient, comme elle, originaires d'Europe centrale ou orientale, cela se reconnaissait à leur blondeur, à leurs yeux clairs fixant l'objectif avec franchise ainsi qu'à quelque chose d'indéfinissablement différent des jeunesses blanches de l'Ouest dans leur façon de s'habiller.

On retrouvait pourtant des T-shirts, des polos, des jeans et des baskets similaires. Cela tenait peut-être à leur sens plus brut de la fantaisie, à leur choix de couleurs plus tranchées, à une autre façon de combiner entre eux les éléments et les accessoires, à ce goût ingénu pour les logos et les marques visibles que l'on pouvait également retrouver dans les banlieues françaises, je ne sais pas trop.

Sur certaines photos il y avait aussi des Asiatiques et des Proche-Orientaux, probablement originaires de pays amis du régime de Vladimir Poutine : des Chinois, des Iraniens, des Syriens. Les coupes de leurs jeans étaient encore moins élaborées que celles de leurs camarades et les couleurs de leurs vêtements tiraient volontiers sur le gris et le marron. Je pensai à Alberto, le père de Caridad, et à ses condisciples issus de nations sympathisantes au début des années 1960. Je me demandai si des études comparatives non partisanes avaient déjà été menées sur les convictions politiques et le mode de vie des étudiants étrangers dans l'URSS de Khrouchtchev et la Russie de Poutine. L'avènement d'enseignes telles que McDonald's ou Zara avait-il changé la donne anti-impérialiste de façon si significative que cela ?

L'expression du sourire de Janka Kučová était exactement la même sur chacune des deux cent treize photos de l'album. Quelque chose de lumineux, d'harmonieux et d'optimiste, mais que le côté systématique du geste finissait à la longue par affadir, voire par rendre exaspérant. D'ailleurs, tout le monde souriait sur ces photos. Du même sourire entier, direct et épanoui qui n'avait d'équivalent en France que chez les Jeunesses chrétiennes ou les élèves de grandes écoles de commerce en stage à Shanghai ou à Abu Dhabi. Je regrettai aussitôt de ne pas avoir consacré une page au *sourire français* dans mon livre. J'y aurais notamment décrit en un long paragraphe le sourire gaulois, le sourire *terroir* simpliste aux dents gâtées des foules normandes et parisiennes célébrant le passage des tanks des G.I.s en août 1944. Sourire face auquel contrastait, déjà, celui des Américains, de tout temps plus blanc, plus sain et infiniment plus cinématographique que celui des Français.

Je retrouvais sur les photos l'allure légèrement démodée de Janka Kučová et ses longs et épais cheveux propres tantôt partagés par une raie au milieu, tantôt rabattus d'un côté de son visage, tantôt retenus en arrière par une large paire de lunettes de soleil. Quelques photos prises en pied, ainsi que d'autres où elle portait un chemisier sans manches, confirmaient que ses bras et ses jambes étaient courts et potelés. En conséquence, les chaussures trop moulantes, telles que les ballerines, ne la mettaient pas du tout à son avantage. Pourquoi, me demandai-je, pourquoi est-ce que la plupart des filles s'obstinent à penser que les ballerines leur font une silhouette légère et naturelle alors que, dans quatre cas sur cinq, elles leur ôtent impitoyablement toute dignité ? Bref, ne fût-ce le souvenir que je conservais de l'effronterie et de la mobilité du regard de Janka Kučová, elle serait passée tout à fait inaperçue au milieu de ces jeunes.

Tout le monde a vingt-six ans, pensai-je en regardant ces visages qui, malgré les nuits blanches et l'alcool, pouvaient conserver intactes leur fraîcheur et leur élasticité. Où même l'expression de la fatigue restait émouvante, jolie à regarder. À quarante-quatre ans, il me fallait personnellement attendre chaque jour le début de l'après-midi pour cesser de ressentir dans mon organisme les effets de la fatigue accumulée la veille et qu'une simple nuit de sommeil ne suffisait jamais à dissiper tout à fait. Pour que mon regard commence enfin à se dégager et que mon sang retrouve sa vitesse de croisière dans mes artères. Pour que disparaissent bâillements et maux de tête. Et quand, vers vingt et une heures, je me sentais enfin en pleine possession de mes moyens, il me fallait alors veiller à ne surtout pas me mettre au lit trop tard afin d'éviter un réveil désastreux le lendemain matin. Un verre de vin en trop au dîner ou quelques heures d'insomnie, et c'était la catastrophe.

Vingt-huit, tout au plus. J'entendais par là : contre toute évidence démographique, les vieux se font rares, les jeunes prennent toute la place dans les espaces publics du centre des villes. L'enjeu, l'espoir, le cœur battant de toute société moderne, ce sont les vingt-six, vingt-huit ans. Pas plus, pas moins. Les visages d'adultes types sur les affiches publicitaires, l'envol d'une carrière, le mariage, le premier enfant, les grands projets, *l'avenir en marche* : entre vingt-six et vingt-huit ans. Un *jeune* avocat, un *jeune* député, un *jeune* auteur : entre vingt-six et vingt-huit ans. Facebook, les boîtes de nuit, le TGV, les compagnies low cost, les nouvelles technologies : pour les vingt-six, vingt-huit ans. Avant, c'est trop vert. Après, trop mûr.

Je réfléchis encore. Finalement non : à vingt-six, vingt-huit ans, on ne sait en général toujours pas très bien où l'on en est, ni où l'on va. On continue de rechercher le grand amour, le bon job, on se cherche tout court. On sent qu'on en possède les capacités, mais on ne sait pas trop ce qu'on veut. On est le cœur de cible de Facebook et des boîtes de nuit, mais on est contraint au quotidien de faire des économies de bouts de chandelle. On loue des studios dans des quartiers bruyants, on voyage en classe économique, on passe ses vacances à l'étranger dans des guest-houses miteuses pour routards et on mange mal. Bref, on n'en profite pas, on attend toujours mieux pour demain. *Si jeunesse savait*, dit le dicton.

On n'en profite peut-être pas, mais on est *jeune*, persistai-je. Moi aussi, un jour pas si lointain, j'avais eu vingt-six ans, la peau fraîche, les cernes charmants et l'érection instantanée. Et, du jour au lendemain, j'avais pris vingt ans supplémentaires et me retrouvais aujourd'hui avec des cheveux grisonnants, des pattes-d'oie, des bourrelets de chair molle et des globes oculaires douloureux le matin au réveil. Du jour au lendemain, j'avais cessé d'être jeune pour me retrouver hors course sans avoir rien demandé. Et ça ne me faisait pas plaisir. À quarante-quatre ans, regarder des jeunes poser en groupe pour une photo au cœur d'une grande ville, des jeunes même inaccomplis, même soucieux de leur avenir, même confus dans leurs choix, ça fait mal. Oui, pensai-je, une Janka Kučová à peau lisse et laiteuse et gros seins fermes entourée de mâles de son âge déclinée sur les deux cent treize clichés d'un album photo, ça peut faire très mal.

Je fermai l'album, retournai à la page d'accueil de Janka Kučová. Une pastille verte apposée à côté de son nom m'indiquait qu'elle était *active*, c'est-à-dire en train d'utiliser Facebook elle aussi. Avec les trois heures de décalage par rapport à Paris, il était près de vingt-trois heures à Moscou. Je levai mes yeux vers les fenêtres de mon salon. À l'horizon, les tours de la place d'Italie scintillaient dans la nuit humide de décembre. Impossible de ne pas établir de parallèle avec les gratte-ciel staliniens que je regardais chaque soir depuis ma chambre d'hôtel à Moscou, où tout m'apparaissait tellement plus vaste, tellement plus âpre, tellement plus glacé. Il me fallait admettre qu'y avoir rencontré Janka Kučová ajoutait une dimension romanesque qui m'attachait à la ville au-delà de son aspect esthétique. Moscou, désormais, que je le veuille ou non, c'était elle.

Je revins à mon écran et tapai ceci dans l'espace réservé aux messages : *Hello, je vois que vous êtes en ligne. J'en profite pour vous souhaiter une bonne nuit. Je vous embrasse.* En trois fois moins de temps qu'il ne m'en eût fallu pour écrire la même chose, je reçus en réponse : *Hey ! Je croyais que vous n'utilisiez pas Facebook. Comment allez-vous ? Et puis, pourquoi avoir écrit votre nom à l'envers pour votre pseudo ? Niamor Nessyur. Pas très original pour quelqu'un qui cherche à se cacher, non ?*

Depuis la disparition du métier de sténodactylo, où donc les jeunes avaient-ils appris à frapper aussi vite sur leurs claviers ? Je me sentais d'un autre siècle, avec mes précautions d'orthographe, de ponctuation et de relecture. Et bien naïf avec ce *Bonne nuit* adressé à une fille qui ne devait pas se coucher chaque jour avant trois ou quatre heures du matin. *Bof*, répondis-je. *J'étais en train de regarder vos albums photos et je me suis senti tout à coup terriblement vieux.*

Vous regardiez mes albums photos ? Ah bon ? Pourquoi ? Curieusement, ses manières et ses enfantillages ne me tapaient pas sur les nerfs. Au contraire, je ressentais même du plaisir à m'adonner à ce flirt régressif par messagerie instantanée. Passé un certain âge, pensai-je, le ridicule ne tue plus. Il aide à vivre.

Parce que j'étais chez moi, seul, sur mon lit, en train de penser à Moscou. Et que je réalisais que vous êtes, de loin, mon meilleur souvenir de ce séjour. J'y allais un peu fort, quand même. C'est d'ailleurs toujours à ce stade, dans l'élan de la rencontre, que je commençais à mentir aux femmes. Et c'était encore plus efficace le soir par messages écrits ou par téléphone. Parce que, plus que quiconque, les jeunes femmes adorent les coups de fil et les SMS d'un homme avant de s'endormir. Dans un sens, pourtant, ce n'était pas faux. Sans ma rencontre avec Janka Kučová, je n'aurais jamais repensé à Moscou avec une telle nostalgie. Mais le tour sentimental que je venais délibérément de donner à notre échange était un leurre. Je ne me sentais pas tant tombant amoureux de Janka Kučová qu'attisé sexuellement. Tout ce à quoi je pensais en écrivant *Je vous embrasse* et *Vous êtes mon meilleur souvenir*, c'était de me retrouver un jour dans un lit avec elle pour satisfaire mon désir exponentiel de chair fraîche. Ma phrase n'était, au mieux, qu'un artifice destiné à ressusciter des émotions de jeunesse, afin d'oublier pendant quelques instants ma terreur de vieillir. Sachant les femmes romantiques et ne l'étant plus assez moi-même, c'était le seul moyen de mobiliser toute leur attention et de faire naître chez elles un vrai désir.

Pas de réponse. Je percevais de la gravité au bout de ce silence qui ne devait probablement rien au temps qu'elle prenait à saisir son prochain message. Touchée et méfiante, Janka Kučová était en train d'*encaisser* ma phrase. Après tout, pensai-je, quel mal y a-t-il à abuser de la candeur d'une jeune femme ? Cela aussi était dans l'ordre des choses. La séduction est une partie d'échecs où tous les coups sont permis. Elle s'en remettrait très bien de toute façon.

Pourquoi dites-vous que vous vous sentez vieux ? reçus-je dans un petit encadré bleu près d'une minute plus tard. *Vous n'avez ni ventre ni calvitie. À peine quelques jolies rides de maturité et de petits cheveux blancs sexy par-ci par-là. Comparé à mon père qui n'est pas beaucoup plus âgé que vous, je trouve même que vous faites jeune. Vous êtes bel homme, les femmes ont dû souvent vous le dire, non ?* Je pensai qu'une Européenne de l'Ouest de la même génération que Janka Kučová ne m'aurait jamais complimenté de la sorte. Sans doute les jeunes femelles de l'ex-bloc soviétique avaient-elles encore en commun avec celles des pays pauvres de ne pas considérer comme un obstacle une grande différence d'âge avec leur partenaire.

Lorsque j'avais vingt-cinq ans, écrivis-je à mon tour, *je regardais avec condescendance et dégoût dans la rue les hommes vieillissants énamourés au bras d'une femme qui aurait pu être leur fille. J'avais également lu des romans et vu des films qui abordaient le sujet. Vladimir Nabokov, vous connaissez ? Ces problématiques vous paraissent alors très abstraites à cet âge-là, vous ne vous rendez pas compte, vous êtes plein de certitudes, vous vous dites que vous ne vous abaisserez vous-même jamais à vous humilier de la sorte. Et puis les années filent comme des comètes et vous vous retrouvez un beau jour exactement dans la même situation que ces types. Le temps passe si vite, Janka. Ce sont des phrases de vieux, tout ça, vous ne pouvez pas comprendre.*

Pour achever tout à fait de me ridiculiser, j'avais conclu mon interminable paragraphe par un smiley.

Vous avez des sentiments pour moi, c'est ça ?

Hein ?

Vous venez de vous identifier à « ces hommes vieillissants énamourés au bras d'une femme qui aurait pu être leur fille ».

Ah. Euh…

Je plaisante. Je vous taquine.

I'm pulling your leg. Comme moi, un smiley ponctuait la fin de sa phrase. Mais, chez elle, cette fantaisie sonnait tout à fait juste. Bref, elle ne plaisantait pas du tout.

Peu de choses à Paris m'affligeaient autant que les piscines municipales, surtout en hiver. En trente ans, rien n'avait changé. D'abord, l'accueil agacé des employés de la Ville en bleu de travail derrière leurs guichets, souvent des hommes d'origine antillaise. Puis l'odeur de chlore et de pieds qui vous sautait aux narines dès l'entrée des vestiaires. Se déshabiller au pas de charge sous les tubes de néon, les vêtements qu'on enfile en hâte sur les valets en plastique à remettre au préposé. Cette tension particulière régnant entre usagers en bonnet et slip de bain à la douche, qui savent qu'il n'y aura pas suffisamment de place pour tout le monde. Puis l'inévitable pédiluve à franchir, la course au bassin, le chlore, les premières longueurs et les premières altercations entre les lignes d'eau, comme dans le bus aux heures de pointe.

Avec Caridad, nous nous étions rendus à la piscine Georges-Rigal, dans le XIe arrondissement.

Mon fils Timothée y participait à un championnat rassemblant des nageurs de moins de seize ans issus de plusieurs clubs de l'est parisien. La grande majorité des piscines de la capitale ne disposant pas de gradins pour les jours de compétition sportive, contrairement aux établissements allemands, autrichiens, polonais, britanniques ou scandinaves, de nombreux parents s'étaient massés derrière l'unique baie vitrée donnant sur le bassin, à l'étage, avant les escaliers qui menaient aux vestiaires. Rien n'avait été prévu pour les installer. Les employés antillais s'énervaient, déploraient les conditions de travail, le manque d'organisation de la Ville et de la direction, le comportement des parents et puis, entre eux, en créole, d'autres choses certainement liées à la Métropole et aux Blancs en général. Des pères de famille plus décidés que les autres improvisèrent une solution en déplaçant d'autorité deux des bancs du hall d'accueil jusqu'au pied de la baie vitrée, malgré les protestations des employés antillais qui, finissant par s'enfermer dans leur guérite, déclarèrent qu'en cas de *souci*, puisque les règles n'étaient pas respectées, il ne faudrait pas compter sur eux. Nous avions là, pensai-je, un joli condensé des principales tares hexagonales : stress, désorganisation, improvisation, déresponsabilisation, rancœurs diverses entre communautés.

Cela me rappelait la première fois que j'avais eu un aperçu clair du caractère structurel de l'amateurisme français. J'étais alors jeune coopérant enseignant à l'université de Medan, une ville du nord de l'Indonésie. L'année de mon arrivée, une filiale de France Télécom avait remporté un important marché visant à étendre le maigre réseau téléphonique alors en place dans quelques villes à l'ensemble de la région. En conséquence, une trentaine d'ingénieurs et de techniciens français étaient venus s'installer en famille à Medan. Une école spéciale avait même été créée au sein d'une structure scolaire anglophone plus vaste, fréquentée en majorité par des enfants d'expatriés australiens, malaisiens et singapouriens. Ainsi, tout en suivant un cursus normal, la cinquantaine d'élèves français bénéficiait des installations sportives et de la cantine de l'école internationale, domaines où, là encore, en France, on était loin de rivaliser avec les Anglo-Saxons. Pour Noël, c'est-à-dire au terme du calendrier scolaire des pays du Pacifique Sud, le directeur néo-zélandais de l'école internationale avait proposé d'organiser un spectacle où chaque communauté présenterait aux autres les coutumes de son pays. En tant que nouveaux arrivants, les Français avaient naturellement été invités à participer. Les jours précédant l'événement, le principal de l'école française s'était donné pour mission de contacter le plus grand nombre possible de compatriotes afin de renflouer les effectifs, beaucoup d'élèves et leurs parents étant retournés en France pour y passer les fêtes de fin d'année. Il m'avait téléphoné très agité deux jours avant le spectacle en me laissant une seule consigne : venir habillé avec ce que je pouvais posséder dans ma garde-robe de bleu, de blanc ou de rouge, l'idéal étant bien entendu de parvenir à associer les trois couleurs. Je me rendis donc à l'école le jour prévu en pantalon de jogging bleu et T-shirt blanc. J'avais gardé dans ma poche un foulard rouge pour compléter ma panoplie, mais dans le vif espoir que le principal aurait entre-temps changé d'avis. Deux cents parents anglophones attendaient avec bonne humeur le début du spectacle de leurs enfants assis sur les gradins du vaste gymnase, fort bien équipé, de l'école internationale. Je pris également place sur les marches et, à l'heure prévue, je pus assister ainsi à une succession de prestations en musique et en costumes, saluées chaque fois par les applaudissements nourris du public : *joget* malaisien exécuté en *songkets* et batiks dorés, réplique de la Fête du Dragon de Hong Kong en *hanfus* et *qipao* de soie, *haka* sonore en tenue des All Blacks, pyramide humaine de *cheerleaders* en jupettes rouges et T-shirts *Stars and Stripes*. On sentait le sérieux avec lequel les équipes enseignantes et les parents, toutes cultures confondues, s'étaient investis dans les chorégraphies depuis plusieurs semaines, voire plusieurs mois. À défaut d'une grande originalité, il était très bien organisé, vivant, satisfaisait le public et créait un lien entre les participants et les familles : comment douter du bien-fondé d'une telle initiative ?

Les élèves australiens étaient en train de faire leur entrée sur scène déguisés en ornithorynques, kangourous et autres dingos au son d'un didjeridoo lorsqu'on vint me chercher pour aller rejoindre en coulisses les Français, prévus au tour suivant. Là, le principal, toujours très nerveux, expliqua le programme à la demi-douzaine de métropolitains qu'il avait réussi à rassembler, dont une bonne moitié était venue en refusant catégoriquement de s'habiller en bleu, blanc, rouge : il s'agissait d'enfiler les bérets que sa femme avait confectionnés la veille *avec les moyens du bord* et puis, une fois sur scène, de s'asseoir tous en rond par terre bras dessus, bras dessous, et de chanter aussi fort que possible en se balançant en rythme de droite à gauche deux-trois chansons à boire dont il était précisément en train de nous distribuer la photocopie des paroles. Pour la *déco*, sa femme avait prévu une nappe à carreaux à étendre sur le sol et des bouteilles de vin à poser dessus, voilà, *on n'allait pas s'emmerder non plus*. Pour ceux qui ne connaissaient pas l'air des chansons qu'il avait choisies *un peu au pif*, c'était pas grave, il suffirait de fredonner n'importe quoi en faisant *lalalala*, l'essentiel étant de montrer au public le côté *joyeux drilles* des Français. Pris à partie par une assistante d'exploitation réseau qui se demandait s'il ne fallait pas tout simplement annuler face à ce fiasco annoncé, le principal avança l'argument d'un emploi du temps surchargé. « Pendant que leurs gamins passaient des après-midi entières à répéter dans la cour de récré, persifla-t-il en désignant ceux de l'école internationale derrière la porte qui menait à la salle, eh ben nous, on bossait. Chacun ses priorités, il faut savoir ce qu'on veut : préparer sérieusement nos enfants pour l'avenir, ou s'amuser. Moi, je veux bien, mais il aurait pas fallu me demander des comptes au moment des bulletins trimestriels. » Inutile de décrire l'embarras que, face à un public de deux cent cinquante personnes et entouré de compatriotes tout aussi démotivés que moi, j'ai ressenti ce jour-là sous l'un des panneaux de basket du gymnase de l'école internationale de Medan, à essayer de me remémorer les mélodies des refrains de classiques tels que *Ah le p'tit vin blanc*, *C'est à boire, à boire, à boire qu'il nous faut* et *Chevaliers de la Table ronde*. En somme, je découvrais qu'outre notre incapacité à nous adapter au monde, même le divertissement n'était pas notre fort. Je n'avais pas ressenti un tel dépit d'être français depuis, mettons, la rencontre à la télé entre l'acteur Larry Hagman, de la série américaine *Dallas*, et son doubleur français attitré Dominique Paturel. C'était sur le plateau de l'émission *Champs-Élysées*, de Michel Drucker, au tout début des années 1980. Une question de disproportion entre les auras des deux hommes. Un peu comme Hervé Forneri, alias Dick Rivers, posant à côté d'Elvis Presley sur une photo restée célèbre dans la biographie du chanteur niçois.

Je notai rapidement parmi les parents rassemblés dans le hall de la piscine Georges-Rigal la présence de Cathy, la mère de mon fils, et de Gilles, son mari. Il y a des femmes avec lesquelles on a tissé des liens si forts qu'elles semblent impossibles à quitter, ou bien au prix d'éternels regrets. Malgré l'enfant que nous avions fait puis commencé d'élever ensemble, Cathy n'appartenait pas à cette catégorie. Sous son pull et son jean, j'étais même incapable de me souvenir à quoi son corps nu avait pu ressembler. Ne subsistait plus entre nous qu'une relation dépassionnée, essentiellement fondée sur le partage des frais relatifs aux besoins de Timothée et à quelques mails et SMS où se réglaient des questions de dates de vacances scolaires.

En revanche, j'avais un certain plaisir à revoir Gilles et son penchant méditerranéen pour l'esbroufe. Il était dentiste du côté de la place Léon-Blum. Prenant deux fois par an rendez-vous à son cabinet pour un check-up, je l'imaginais assez bien jouer de sa décontraction rassurante et de son bronzage artificiel devant ses patientes. Surtout lorsque, avant d'intervenir à l'aide de ses instruments, il passait sa paire de gants jetables et sa large visière en plastique destinée à le protéger des projections. Il trompait très certainement Cathy, c'est sans doute cela qui excluait chez lui toute rivalité à mon égard. Pourtant, Gilles était du genre à se méfier des intellectuels, ou tout au moins à se pardonner son propre manque d'intérêt pour la réflexion et l'analyse en jugeant que cela ne servait à rien, ce que j'avais de plus en plus tendance à penser moi-même au fil des années. Mais il m'aimait bien parce que, chaque fois que nous avions eu à engager la conversation, je savais l'écouter et lui donner l'impression que je ne le jugeais pas. Ce qui, dans un sens, n'était pas faux. Ne nourrissant plus aucune ambition, ni passion, ni certitude depuis longtemps, j'étais parvenu à ce stade de détachement où l'on est susceptible de passer sans arrière-pensée pour sympathique aux yeux d'à peu près n'importe qui.

« J'ai acheté ton livre », m'annonça-t-il d'emblée d'un air magnanime. Par réflexe mondain, je faillis m'excuser de ne pas leur en avoir envoyé, à lui et à Cathy, un exemplaire dédicacé lors de sa parution. Mais bon, j'avais renoncé également depuis quelque temps aux formules de politesse inutiles. « Et je l'ai lu ! » ajouta-t-il aussitôt, héroïque. Il affichait la même satisfaction que s'il avait passé sa semaine à remettre de l'ordre dans une cave laissée à l'abandon depuis quinze ans. Je me tournai brièvement vers la baie vitrée, où Caridad et Cathy étaient parvenues à se ménager un espace dérisoire parmi les parents agglutinés. J'admirais leur opiniâtreté. Était-ce si répréhensible que cela d'être capable, comme moi, de vouloir s'épargner la promiscuité de tous ces gens qui sentaient le chien mouillé au risque de rater l'épreuve de cent mètres nage libre de mon fils ? Avec leurs styles radicalement opposés, Caridad plutôt du genre hippie bolivarienne et Cathy plutôt droite décomplexée, il était difficile d'imaginer qu'elles étaient liées par un même homme. Comment avais-je pu aimer deux femmes aussi dissemblables ? J'y voyais pour ma part une nouvelle preuve de ma personnalité aussi floue que ductile. J'étais adaptable à peu près partout, mais nulle part moi-même. Par amour pour des femmes, j'avais été capable, pendant plusieurs années parfois, de répondre aux exigences sentimentales, sexuelles, culinaires, musicales, vestimentaires et politiques particulières de chacune d'entre elles sans jamais y trouver à redire. Cela avait fait de moi quelqu'un d'à la fois attachant et insaisissable. Mais pouvait-on vraiment parler d'amour lorsque, au bout du compte, je n'avais cherché qu'à plaire ?

« Le médecin juif séfarade avec une photo géante du pont de Brooklyn dans la salle d'attente de son cabinet, c'est moi, non ? » dit Gilles sur le ton de celui à qui on ne la fait pas.

« Oui, c'est bien toi. » Je tâchais de soutenir son regard avec autant d'assurance que possible.

En écrivant le passage d'*Au pays du p'tit* où je faisais référence à Gilles sans le nommer, j'étais loin de penser qu'un jour il tomberait dessus tout seul. C'était mésestimer la portée d'un livre et, plus généralement, de toute information impliquant, même à son insu, un individu réel et vivant. D'une façon ou d'une autre, l'intéressé finira toujours par en avoir vent, c'est une loi de la nature.

« Tu aurais pu me prévenir, quand même », compléta Gilles en dénouant de son cou une écharpe jaune vif en cachemire qu'il arborait comme un défi lancé à la grisaille hivernale. « Tu es allé la pêcher où, cette soi-disant interview avec moi ? »

À nouveau, j'étais gêné. Cette interview, c'est vrai, je l'avais inventée, comme la plupart des témoignages et enquêtes qui émaillaient mon livre. Mais, heureusement, ça ne semblait pas choquer Gilles plus que ça. En familier des petits arrangements, il me lança même une sorte de regard de connivence.

« Tu as de la chance, ajouta-t-il, parce que je suis plutôt d'accord avec ce que tu me fais dire. Ce truc qu'ont les Juifs, les Noirs et les Arabes de France en commun : que la France est trop froide pour nous, trop étroite, trop rigide, qu'il y a un problème de mentalités, qu'elle ne fait pas assez rêver, que les gens sont trop coincés, tout ça. Nous, on le sent bien sûr, on en parle entre nous. Mais nous ne nous le formulons jamais aussi clairement parce qu'il ne nous viendrait pas à l'idée de dire des autres : *Les Français*. Parce que *nous sommes* français. Mais, tu as raison, il y a nous *et* les Français. Et c'est bien que ce soit un goy qui le dise, ça change des clichés et du politiquement correct habituels. Les Arabes et les Noirs, je ne sais pas trop ce qui les fait rêver. Mais chez nous, les Feujs marocains et tunisiens, c'est clair qu'il y a cette attirance pour l'Amérique dont tu parles. Et l'Amérique, c'est vrai qu'on essaye un peu, à notre façon, *à la française*, de la transposer ici. Les bagnoles, les fringues, la fête, les potes, la frime, jouer aux cartes, la famille, la bouffe, Cannes, Deauville, ce côté *La vérité si je mens* : tout ça en restant quand même français, tout ce que tu dis là-dessus, c'est vrai. Et, tu as raison : ce n'est pas vulgaire, de *mauvais goût* ou bling-bling, c'est juste fait pour s'amuser, pour rendre la vie plus belle. Et cet état d'esprit-là, cet humour-là, les Français ne le comprennent pas. Exactement comme ils ne comprennent pas les Italiens, là aussi ta comparaison est bonne. Les goys nous prennent de haut, mais nous, on s'en fout, on voit les choses en grand, on aime le spectacle, Broadway, Hollywood, on *vit*. Ils ricanent, mais on leur apporte du *fun*. Ça, ils ne le reconnaîtront jamais, ils sont trop snobs et trop hypocrites. »

Il attrapa mon poignet : « Tu as conscience d'avoir joué avec le feu avec ton truc sur les Juifs ? »

« Non, j'ai juste été sincère. Je ne cherche ni à plaire, ni à ménager, ni à enfoncer personne dans ce livre, je dis ce que je pense, je n'attends rien de quiconque, je suis libre. Et en étant sincère, tu peux dire ce que tu veux, ça passe toujours. »

Nous fûmes interrompus par Cathy, qui venait d'abandonner Caridad pour venir nous chercher. Elle était dans tous ses états : « Mais qu'est-ce que vous foutez ? Il y a Timothée qui va passer, là. On s'est cassé le cul pour trouver une place et ça fait une heure qu'on vous fait des signes pour que vous nous rejoigniez. Vous faites chier, merde. »

Plutôt que de s'attendrir des rapports quasi amicaux qu'entretenaient le père de son premier enfant et son mari, elle faisait *vraiment* la gueule. Je n'avais pas gardé le souvenir chez elle d'une telle émotivité négative ni, surtout, d'une telle grossièreté. Mais notre relation remontait à si loin. Son caractère de jeunesse ne fut qu'un épais fond de teint qui s'est estompé avec le temps, pensai-je, pas certain de la pertinence métaphorique de ma phrase. Mais cela ne faisait plus aucun doute : Gilles la trompait.

Fébrile sur son plot de départ, Timothée leva des yeux inquiets vers l'étage pour vérifier que Cathy et moi étions bien en train de le regarder. Sans prendre le temps d'identifier les nôtres parmi la vingtaine de visages de parents alignés derrière les vitres embuées, il baissa aussitôt la tête et ajusta à grands gestes désordonnés ses lunettes en caoutchouc. À ses côtés, les autres adolescents paraissaient plus mûrs et plus concentrés. Avec sa peau pâle, ses jambes frêles et ses pieds rentrés, mon fils n'avait pas l'aspect d'une machine de guerre, c'était le moins que l'on puisse dire. Était-ce ma propre incapacité à dévorer tout cru la vie qui l'avait rendu si peu sûr de lui ? Chez les adultes cultivés incapables d'agir et de *participer* au monde sans sarcasme, le scepticisme appréhendé comme mode d'existence peut présenter certains avantages, comme celui de compenser leurs insuffisances en les faisant passer pour trop intelligents auprès de quelques individus également cultivés. Les effets collatéraux s'avèrent en revanche dramatiques sur leurs enfants : angoisse, sentiment d'insécurité, incapacité à s'abandonner à des joies simples sans en nourrir de la culpabilité. Au moins Cathy ne cherchait-elle pas à cacher ses humeurs. À des fins éducatives, l'hystérie resterait toujours préférable au néant.

Le vibreur de mon téléphone annonça l'arrivée d'un message à l'instant précis où le signal du départ de la course retentit. Chaque enfant plongea dans son couloir. Au bout de quelques secondes, les premiers bonnets refirent surface sous les cris d'encouragement des entraîneurs qui résonnaient autour du bassin et dont l'écho nous parvenait nettement malgré l'épaisseur des vitres. Sur huit compétiteurs, Timothée était en cinquième position. Il ne fallait pas rêver. J'attrapai mon téléphone dans la poche de mon pantalon et, malgré les ondes de reproche que je percevais sur le profil crispé de Cathy à mes côtés, je détournai mon regard de la course et lus. À nouveau, c'était Janka Kučová. Elle me disait :

Vous ne m'avez pas écrit aujourd'hui, et, je suis furieuse de l'admettre, ça me manque. J'aime quand vous m'écrivez. Vos messages apportent toujours quelque chose de nouveau, ils me tiennent compagnie, je les attends. Avec vous je sens une véritable présence, une véritable amitié, je me sens bien, vous me laissez m'exprimer, j'ai l'impression que vous pouvez tout comprendre.

Je remis mon téléphone dans ma poche avec une satisfaction calme. La vie pouvait encore réserver de jolis instants de gratification aux mâles quadragénaires de mon espèce. *A true friendship* ? Tu parles. Janka Kučová était en train de tomber amoureuse de moi en vertu de la plus antique des équations humaines : *Fuis-moi, je te suis.* Mes vieux restes de romantisme auraient dû me pousser à répondre quelque chose sur-le-champ. Cela aurait eu pour but de faire plaisir à Janka Kučová tout autant que de me conforter moi-même dans l'idée que j'étais bien le type présent et fiable qu'elle décrivait dans son message. Mais rien ne pressait, au contraire. Qu'est-ce qu'on peut s'emmerder, au fond, quand on est étudiante, pensai-je tandis que, dans la piscine, descendu désormais en sixième position, Timothée ratait complètement sa roulade au terme des premiers vingt-cinq mètres. On s'emmerde parce qu'en dépit de l'alcool, des fous rires, des boîtes de nuit, de Facebook, des *selfies* à gogo, du sexe et de la jeunesse, l'altruisme demeure une denrée rare, surtout chez les garçons de votre âge. Et qu'on n'a pas encore suffisamment d'étoffe pour cesser d'avoir besoin de l'écoute des autres et se résoudre à la solitude fondamentale de chacun. En conséquence, un homme qui prend la peine de choisir ses mots pour vous témoigner sa présence et son intérêt sans que cela semble uniquement à des fins sexuelles, jeune ou pas jeune, c'est irrésistible.

Timothée produisait beaucoup trop d'éclaboussements par ses battements de pieds insuffisamment contrôlés, ce qui freinait sa trajectoire. Je l'imaginais le cœur battant et l'esprit confus, son cerveau assourdi par le vacarme amplifié de sa propre respiration sous l'eau avec, loin devant, le sillage de bulles aveuglant de tous ceux qui le précédaient. Quel adulte ferait-il ? Un dépressif rongé de tics, hypocondriaque et incapable de retenir auprès de lui une autre femme que sa mère ? Ou bien, au contraire, un mari et chef de famille solide radicalisé dans sa moralité par sa haine d'un père trop égoïste ?

Sans vergogne, je ressortis mon téléphone de ma poche. Cette fois, c'est dans les yeux de Caridad que je vis passer une ombre. Non content qu'elle ait tenu à venir encourager un enfant qui n'était pas le sien et qu'elle mettait une bonne part de son énergie à tenter de me faire aimer, je me permettais en outre un échange de mots doux avec une autre femme en sa présence. Je ne trouvais aucune circonstance atténuante à ma bassesse. Pourtant, je continuais à me lever chaque matin et à aborder mes journées aussi avantageusement que possible. Comment pouvait-elle continuer de se laisser ainsi berner sans intervenir ? Qu'est-ce qu'une femme aussi intelligente et exigeante que Caridad pouvait bien avoir fait de sa dignité ? Je me rendis sur la messagerie instantanée de Facebook et répondis à Janka Kučová :

Vous me donnez envie de revenir à Moscou.

Timothée achevait avec peine sa deuxième longueur de bassin. L'avant-dernier nageur, qui le talonnait, finirait probablement par le dépasser au cours des vingt-cinq mètres suivants. Pourquoi n'est-on jamais premier en rien au cours d'une vie ? D'une compétition, d'un concours, d'une promotion, d'un tirage au sort ou d'une simple liste de noms placardée dans un hall administratif ? Le plus grand, le plus beau, le plus riche ? C'était à se demander si la race des vainqueurs existait vraiment. S'ils n'étaient pas comme ces lapins leurres artificiels des courses de lévriers. Des sortes d'hologrammes incitatifs inventés par le Tout-Puissant pour donner aux hommes ces sens contradictoires de l'humilité et du dépassement de soi.

Caridad sortit un Kleenex de la poche de son

manteau en peau de mouton retournée. Chaque fois qu'elle se mouchait, son visage prenait une expression particulièrement disgracieuse. Une crispation involontaire de la commissure de sa lèvre qui, conjuguée à une dilatation maximale des narines, la forçait à clore à moitié ses paupières tout en gardant l'œil fixe, c'était assez effrayant. Je baissai les yeux pour les tourner discrètement vers l'écran de mon Samsung. Janka Kučová avait répondu ceci à mon message :

Vraiment ? Vous feriez ça ? Suivaient un smiley et deux points d'exclamation. *Oui, vraiment*, répondis-je dans les cinq secondes. J'ajoutai : *En tout bien tout honneur*, en insérant moi aussi un smiley. Mais je regrettai aussitôt ce *With the most honorable intentions* sirupeux et hypocrite.

Moi, si vous venez, reçus-je aussitôt, *ce n'est pas* DU TOUT *en tout bien tout honneur que j'ai l'intention de vous revoir.* Elle avait mis AT ALL en lettres capitales. Suivaient des points de suspension.

Dans ma poitrine, l'orgueil venait d'accélérer les battements de mon cœur. Je savais pourtant d'expérience qu'il fallait se méfier de ce type de message. C'est la distance physique et l'impossibilité de concrétiser sur-le-champ leurs sous-entendus qui, souvent, font monter le désir chez les jeunes femmes. Débarquez chez elles à l'improviste et tentez de les prendre au mot, vous serez traité d'obsédé sexuel et de macho. Bref, en poursuivant sur ce terrain, je courais le risque de refroidir son imagination.

Janka Kučová me paraissant toute désignée pour les formules poétiques grand public, j'envoyai ceci : *Je garde sur les lèvres ce baiser qu'on ne s'est pas donné, juste avant votre taxi.* On ne sait pas assez combien les bons SMS font rêver les jeunes femmes. Parlez de mains, de cheveux, de peau, de regard. Jamais de seins, de bite, ou de chatte. Du moins, pas tout de suite. Et trouvez quelques métaphores pertinentes. Vous verrez, le résultat est garanti.

Vos lèvres, moi, je ne cesse d'y penser, me répondit-elle. *À vos bras et puis aux veines de vos mains. Vous m'excitez.*

« À qui écris-tu ? »

C'était Caridad. Le bout du nez rougi, elle rangeait dans la poche de son sarouel son mouchoir devenu entre-temps une froissure blanche informe au creux de sa main. À bout de nerfs, elle avait formulé sa question comme une excuse, avec la honte d'avoir enfreint un hypothétique code d'honneur entre nous qui aurait consisté à ne rien intenter qui puisse plonger l'autre dans l'embarras.

« À une étudiante que j'ai rencontrée à Moscou, répondis-je avec un parfait naturel. Elle a acheté mon bouquin. »

« Ah, d'accord », dit Caridad en accusant le coup d'une série de petits oui frénétiques de la tête qui traduisaient un mélange tragique d'hébétude et de résignation.

Je savais qu'elle ne ferait pas de commentaire supplémentaire, ni ne reviendrait sur l'affaire. En bas, de l'autre côté de la vitre, il ne restait aux nageurs qu'une demi-longueur à parcourir avant l'arrivée. Au bout des couloirs d'eau, les hurlements des entraîneurs agenouillés au bord du bassin atteignaient leur paroxysme. En maintenant son rythme, Timothée ne serait peut-être pas dernier de la course. Non loin de moi, parmi les parents trop introvertis pour s'exprimer, j'entendais Gilles crier : *Allez, Tim ! Vas-y ! Ne lâche rien !*, avec un enthousiasme sincère. Cathy, elle, se contentait d'un regard intense où se mélangeaient tendresse, compassion et tristesse.

« Mais elle est moche et grosse », ajoutai-je. Sans bien déterminer si c'est Caridad ou bien moi-même que, par mon mensonge, je cherchais à préserver.

Paule mâchait mécaniquement son céleri rémoulade. Chaque fois qu'elle avalait, elle puisait à nouveau avec sa fourchette dans le ramequin individuel en plastique sans véritablement y prêter attention, en recommençant sans impatience si les dents de l'ustensile remontaient bredouilles vers sa bouche. Des raviolis ou un clafoutis à la place n'y auraient rien changé. Elle préférait de toute évidence les conversations sérieuses à son alimentation. À mon grand regret, ayant pour ma part toujours trouvé un intérêt à commenter les menus des self-services universitaires et des cantines d'entreprise en général. Mais bon, malgré un piercing nasal et un proverbe sanskrit discrètement tatoué sur son omoplate, quelque chose comme *Le vent purifie la route*, Paule était une collègue avec laquelle on ne plaisantait pas sur n'importe quoi.

« Je n'ai pas tout lu, me dit-elle en battant un peu trop rapidement des cils, mais il y a une phrase dont je me souviens : *Jusqu'en 1940, le Français est niais mais courageux.* Comment peux-tu écrire un truc pareil ? »

Il était de bonne guerre qu'elle se sente un peu jalouse et s'attache à dénigrer mon livre. Un chargé de cours moins diplômé que vous publiant son premier essai chez un éditeur grand public, ça ne fait jamais plaisir lorsque vos propres articles ne paraissent qu'en revues spécialisées ou sous forme d'actes confidentiels de colloques. À moins qu'elle ne m'en veuille toujours de la soirée que nous avons passée chez elle à la fin du mois de juin dernier, pensai-je, et qu'elle n'ait trouvé avec mon livre une occasion indirecte de se venger. Hors contexte, Paule avait en effet des positions très fermes sur la configuration contre nature du couple homme-femme, et elle promouvait volontiers des relations sexuelles sans enjeu. Ce qui ne l'avait pas empêchée de chercher par tous les moyens, notamment en verrouillant sa porte d'entrée et en cachant la clé, à me retenir dans son appartement lorsque, après une petite heure au lit moins divertissante que je ne me l'étais imaginé, j'avais rassemblé mes affaires pour rentrer chez moi, peu après vingt-deux heures.

Je conservais le souvenir d'un deux-pièces à son image, rempli de livres et d'une féminité toute parisienne, c'est-à-dire sans futilité, d'un *bon goût* frôlant le jansénisme, à peine une plante verte ou une bougie parfumée de marque stratégiquement disposée dans son salon. En ôtant son jean sur son lit, j'avais été refroidi par sa large culotte de coton blanc sans échancrure qui, ayant probablement insuffisamment séché dans l'humidité de sa salle de bains, avait conservé une repoussante odeur de renfermé que j'avais prise d'abord pour celle de sa chatte. Elle avait cependant un corps propre, robuste et rose que je l'imaginais affermir chaque matin à l'eau glacée, avec des chevilles trop épaisses, un bassin deux fois plus large que le mien et de solides avant-bras qui me faisaient penser à ceux du personnage central de ce célèbre tableau de Courbet intitulé *Les Cribleuses de blé*. Juste avant que je la pénètre, elle avait sorti du tiroir de sa table de nuit une boîte intacte de préservatifs noirs dont il avait fallu ôter au préalable le film protecteur. Pendant l'amour, elle émettait des râles lents et rauques qui évoquaient plutôt la complainte d'un mammifère blessé.

« Comment j'ai pu écrire un truc pareil ? répétai-je en déchirant une dosette individuelle de poivre noir. Parce que c'est vrai, tout simplement. Prends n'importe quelle archive de l'entre-deux-guerres, les gens sont tous prêts à se faire fusiller pour la patrie. C'est avec l'Occupation qu'on commence à vraiment développer notre fond latent de couardise et de servilité. »

Mes affirmations à l'emporte-pièce l'exaspéraient. « Oui, mais *niais*, s'impatientait-elle en reposant sa fourchette pleine de céleri sur le bord de son assiette. Comment on peut affirmer de tout un peuple qu'il est *niais* ? »

« Ben, le peuple français est niais, non ? Regarde *La Danse des canards* à la fin des fêtes de quinquagénaires, quand tout le monde est bourré. Regarde les flics avec leurs gourmettes marquées à leur prénom, regarde les Bigard, Lagaf', Laurent Gerra et consorts qui exploitent tous la même figure vedette du *demeuré* dans leurs sketches. Regarde la barbichette de Cyril Lignac, regarde le sourire de Camille Lacourt, regarde le magazine de solidarité "Tous ensemble" sur TF1, regarde ta boulangère, ton fromager ou ton charcutier qui te disent en chantonnant tous sur les mêmes notes : *Et avec ceci ? Ce sera tout ? Et dix qui font cinquante, Bon courage hein ?*, etc. C'est pas niais tout ça ? »

Paule ouvrit la bouche pour dire quelque chose. Mais, pensant à raison que je persisterais dans mes provocations, elle choisit de se rabattre en silence sur son céleri rémoulade. Quant à moi, je versai l'intégralité du poivre sur mon onglet de bœuf trois fois trop cuit et attaquai la viande de mon couteau insuffisamment tranchant.

« Je te parle des Franco-Français, là, repris-je sur un ton moins malveillant. Je te parle des Français *de souche*. Fais l'effort de te rendre un peu plus souvent dans les cours des collèges, tu verras. Que tu prennes les Arabes, les Portugais, les Chinois, les Antillais, les Africains ou les Turcs, tout le monde charrie tout le monde sur ses origines, sur sa culture et sur sa religion, et tout le monde l'accepte. Les Antillais sont charriés sur l'accent de leurs parents, les Arabes sur leur sang chaud, les Portugais sur les bras poilus de leurs petites sœurs, les Chinois sur leur côté *nerd*, je ne t'apprends rien, là. Mais les Français blancs, eux, c'est sur leur niaiserie qu'on les charrie. Sur leur candeur d'enfants du système sans drames et sans histoires, sur leur humour immature qui ne les fait rire qu'entre eux, comme Bigard et Lagaf' continuent de faire rire uniquement la Franco-France blanche de la génération de leurs parents. Et comme ils sont athées, sans traditions suffisamment fortes ni fierté patriotique à opposer aux convictions de leurs camarades issus des communautés, eh bien ils ne sont pas respectés. Mais ça, c'est une autre histoire. »

Je piquai mon morceau de viande découpé à grand-peine et mangeai. Paule, de son côté, semblait méditer sur ce que je venais de dire. Elle me faisait l'impression d'un premier prix de conservatoire en musique baroque cherchant mentalement à rationaliser chaque note d'un solo de heavy métal. Si je n'avais pas couché avec elle un peu moins de six mois auparavant, pensai-je, j'y aurais sans doute davantage mis les formes.

« Ce qui m'a fait rire, en revanche, sourit-elle en repoussant définitivement le ramequin de céleri à l'extrémité de son plateau, c'est le chapitre consacré à Jacques François. Je ne sais pas dans quelle mesure toute la digression que tu fais ensuite sur l'amour-haine des Français pour la hiérarchie et sur leurs tendances sadomasochistes dans le cadre du travail est légitime, mais c'est drôle en tout cas. »

Pour quelqu'un qui *n'avait pas tout lu*, je trouve qu'elle se défendait pas mal. Elle ne me tenait peut-être pas en grande estime intellectuellement, mais elle admirait mon toupet. Jusqu'à s'en demander sans doute si la vie n'avait pas davantage de goût pour les rigolos dans mon genre. Plus détendue et souriante, elle devenait presque jolie. Tout en mastiquant mon bœuf, je me mis soudain à penser à ses seins, que je savais petits, fermes et plantés très écartés l'un de l'autre sous son pull. La visualisation mentale de sa vulve saillante parmi les chairs abondantes de ses cuisses me procura une vive bouffée d'excitation. Je n'avais pas baisé depuis plusieurs semaines, et Paule, que la solitude et le vieillissement rendaient moins exigeante en dépit des apparences, restait une proie facile et disponible. On verrait bien.

Quant à mon chapitre sur Jacques François, je n'en étais pas mécontent non plus. Rappelons que Jacques François fut, dans le cinéma français populaire des années 1970 et 1980, un acteur essentiellement affecté aux seconds rôles de préfet, de général, de vicomte, de chef d'entreprise ou de proviseur de lycée. Le pharmacien du *Père Noël est une ordure* et le colonel des deux derniers films de la série *Le Gendarme de Saint-Tropez*, c'est lui. Passons sur le manque cruel d'imagination des metteurs en scène français qui, en raison du maintien et de la diction caractéristiques de l'homme, ne seront parvenus qu'à le momifier dans une caricature d'aristocrate rigide et dédaigneux. Dans ce chapitre, mon postulat était simple : si les Français ont autant de mal à s'adapter au monde économique moderne, s'ils ont inventé les trente-cinq heures, abusent du droit de grève, de leur recours aux syndicats et de leurs *droits* en général, c'est parce qu'ils valorisent excessivement le repos, les vacances et les loisirs. S'ils aiment autant les vacances, c'est parce qu'ils ne s'épanouissent pas suffisamment dans leur travail. Et s'ils ne s'épanouissent pas dans leur travail, c'est parce que, dès l'école, on les empêche de concevoir qu'ils pourraient s'y plaire. Depuis Jules Ferry, en effet, le système scolaire français enseigne surtout la soumission, la terreur, le fayotage, l'anathème, et il censure toute initiative personnelle hors des clous. On vénère l'écoute au garde-à-vous, le par cœur, les tableaux d'honneur, les classements et les mentions. On conspue le cancre auquel on prédit un avenir forcément glauque et on craint le principal et le proviseur, lesquels demeurent de toute façon cloîtrés dans leurs bureaux et inaccessibles aux élèves tout au long de leur scolarité. Les grandes écoles fascinent comme un eldorado, on a le blues les jours de rentrée et l'on frôle l'anémie les veilles de bac. J'avais même consacré une page entière au fameux stylo rouge, à l'usage des capitales d'imprimerie, du triple point d'exclamation et du double soulignage rageurs chez l'enseignant corrigeant ses copies, une spécialité nationale. Bref, une sale ambiance. C'est là qu'intervenait la figure de Jacques François. Personne d'autre que lui dans ses différents rôles n'aura mieux représenté l'autorité verticale, sadique et inflexible de l'école, de l'administration et du patronat français dans l'imaginaire collectif de la Ve République. Sous l'angle de cet humour goguenard et potache des scénaristes que je comparais à un vague héritage du mouvement sans-culotte, il incarne tous nos fantasmes fondateurs : le patron despote et sa cour de collaborateurs brimés et obséquieux, le fossé social, la reproduction des élites, l'aveugle arrogance d'un pays passé sans transition d'une monarchie absolue au diktat républicain.

À force de m'échiner à découper ma viande, j'avais mal aux mains. Je déposai mes couverts et remplis poliment d'eau de carafe le verre de Paule, puis le mien. Elle but sans me quitter du regard. Fini Jacques François, ses yeux étaient revenus à cette soirée de juin dont elle me gardait rancune tout en sachant qu'elle ne pouvait rien me reprocher ouvertement. Pour construire du bonheur à deux, pensai-je, la plupart des femmes valent mieux que les hommes, c'est certain. Elles sont de meilleure volonté, ont davantage d'amour à donner et assument jusqu'au bout des objectifs aussi simples que se marier, faire des enfants, acquérir et meubler une maison suffisamment vaste et confortable pour y recevoir plus tard leurs petits-enfants et y vieillir sans contraintes matérielles excessives jusqu'à la mort. Pour peu que l'homme qu'elles auront choisi se montre aimable, compréhensif et coopératif au fil des années, elles ne songeront pas à le tromper. Pourquoi la nature avait-elle créé un tel déséquilibre entre les deux sexes ? Comme tant d'autres femmes françaises de sa génération appartenant à une classe socioprofessionnelle supérieure, Paule ne parvenait pas à dénicher dans son entourage ni par petites annonces sur internet d'amant à la fois capable de répondre à ses exigences physiques, sociales et intellectuelles. Relevant moi-même de cette précieuse sous-espèce, il m'aurait été très simple de lui proposer de l'inviter au restaurant le soir même, de la raccompagner chez elle et d'y passer la nuit en restant cette fois jusqu'au matin. Nous aurions préparé puis pris le petit déjeuner ensemble, je l'aurais longuement embrassée sur le pas de sa porte au moment de rentrer chez moi et je lui aurais adressé plusieurs textos d'amour, drôles et joliment tournés, tout au long de la journée et les jours suivants. De semaine en semaine, nous nous serions revus de plus en plus régulièrement, tantôt chez elle, tantôt chez moi, jusqu'à finir par nous installer ensemble et décider d'emménager dans un appartement plus grand. Nos revenus mensuels comparables, notre goût commun pour notre métier, pour les livres et les arts en général nous auraient garanti un quotidien riche en échanges et en complicité. Sur le plan sexuel, pas de problème non plus, nous n'avions l'un comme l'autre aucune inhibition particulière et je l'avais menée sans difficulté jusqu'à l'orgasme. Charmant et bien éduqué, j'aurais très bien pu passer pour le gendre idéal aux yeux de ses parents. À moins de quarante ans, Paule pouvait encore raisonnablement songer à faire un bébé, qu'en toute logique nous aurions fini par concevoir. J'aurais été présent à l'accouchement et, tout au long de la première année, je me serais réveillé la nuit en même temps qu'elle pour assister aux tétées. Plus tard, j'aurais déposé l'enfant à l'école le matin, je lui aurais organisé des anniversaires à la maison et je lui aurais appris à nager, à faire du vélo, et ainsi de suite jusqu'à sa majorité. Délivrés des contraintes de l'éducation, nous nous serions mis à voyager à deux, à sortir au théâtre, etc. Bref, à nous préparer gentiment une retraite paisible, épanouie et éclairée. En somme, en me montrant un compagnon *à la hauteur*, j'aurais donné du sens à la vie de Paule, j'aurais fait son bonheur tout comme j'aurais pu, avec les mêmes ingrédients, faire celui de millions de femmes libres et intelligentes rongées par la solitude. Mais, qu'y pouvais-je, cette perspective m'apparaissait aussi alléchante que, mettons, un voyage organisé pour un séjour *all inclusive* à La Grande-Motte. Et puis Paule ne me plaisait pas assez pour mériter un tel sacrifice. Tout ce que je désirais désormais, c'était enfin assumer mon égoïsme trop longtemps refoulé au nom de principes qui ne me correspondaient pas. Je voulais vivre des aventures avec des femmes, voilà. Goûter à de nouvelles lèvres, à de nouveaux seins et à de nouvelles chattes. Voyager encore un peu. Un ou deux projets professionnels, peut-être. Et, surtout, qu'on me foute la paix.

« Tu fais quoi, à Noël ? » me demanda Paule en reposant son verre sur la table. Je fis mentalement un tri rapide parmi les informations susceptibles de lui être divulguées, et les autres.

« Ben, je passe le 24 avec mon fils et, dès le 28, je retourne en Russie pour deux jours. »

J'expliquai aussitôt que mon éditeur russe souhaitait m'organiser une dédicace dans une librairie de Saint-Pétersbourg.

« Et toi ? demandai-je sans lui laisser le loisir d'un commentaire, qu'est-ce que tu fais ce soir ? Parce que j'aimerais bien t'emmener au resto. »

« Ne m'en veux pas s'il te plaît. Je préfère y aller seul. » Caridad se tut et, les yeux dans le vague, se tourna tristement vers la télé. Comme elle n'était par nature ni suspicieuse ni inquisitrice, je ne m'exposais jamais à rien de désagréable à lui mentir. Uniquement à une honte intime, sans témoin, fugace mais totale, comparable à celle que l'on peut ressentir vis-à-vis de, mettons, Dieu. Dans un couple, chacun dispose en général d'un sas ultime de sécurité qui s'appelle l'amour-propre. Avec Caridad, nous avions tant partagé et nous étions tant donné l'un à l'autre au fil des années que sa présence avait fini par m'ôter tout sentiment d'altérité. *Avec elle, j'étais deux*, la formule aurait pu faire un joli refrain de chansonnette. Un jour, c'est certain, le ciel me tomberait sur la tête.

Comme je me sentais misérable et qu'il était prématuré que je la prenne dans mes bras, je m'assis face à la télé moi aussi. On repassait *Mélodie en sous-sol*. Définitivement, ni Delon ni Gabin ne méritaient leur notoriété. Les deux *monstres sacrés* s'étaient, tout au long de leurs carrières respectives, avérés incapables de nuancer leur jeu. Ainsi avait-on très largement surévalué l'expression blessée-bougonne permanente de Delon qui ne reflétait au fond que le narcissisme obtus du bonhomme. Il paraissait antipathique même lorsqu'il se mettait à rire. Il suffit de l'observer dans *La Piscine*, en 1969, traînassant sans objectif précis sous le soleil, avec son corps alourdi et ses espadrilles qu'il porte écrasées au talon comme des babouches. Il a l'air vulgaire et semble davantage sorti d'une caravane de camping que de la villa tropézienne tenant lieu de décor d'un bout à l'autre de ce film factice, ennuyeux et, finalement, pas sensuel du tout. Quant à Gabin, tout ce qu'il sait accomplir à partir du milieu des années 1950, c'est dodeliner de la tête en ouvrant des yeux d'alcoolique ulcéré pour pas grand-chose. Comment Marlène Dietrich avait-elle pu consentir à avoir des relations sexuelles avec un type sans lèvres aux dents pourries ?

Dans mes pages concernant Jacques François, j'en avais profité pour m'exprimer sur le cinéma français en général. Mon point de vue était le suivant : après les frères Lumière, nous n'avions plus rien inventé. Le cinéma d'auteur en noir et blanc de l'entre-deux-guerres ressemblait trop à du mauvais théâtre et la Nouvelle Vague n'avait fait qu'engendrer des générations aujourd'hui encore nuisibles de réalisateurs et d'écrivains incapables d'autre chose que se raconter eux-mêmes à travers d'invariables histoires de couples immatures. Comme dans le domaine de la chanson depuis les yéyés, on ne faisait que mal imiter les Américains par manque d'imagination et de talent. Nos réalisateurs contemporains étaient potaches, incultes et prétentieux. Et nos acteurs, à l'image exacte du peuple : hystériques, névrotiques, rigides et conformistes.

À ce sujet, je faisais notamment référence à une séance photo organisée en présence de *stars* américaines et françaises lors de l'édition 2004 du festival de Cannes. Pour innover, le photographe avait demandé aux acteurs d'effectuer un saut au moment où il appuierait sur le déclencheur. Les Américains, dont Brad Pitt et George Clooney, s'y étaient prêtés avec décontraction et générosité. Jouer le jeu jusqu'au bout faisait partie du job, point. Les Français, dont Catherine Deneuve, avaient tous refusé : pas sérieux, puéril, ridicule, inutile, mauvais pour l'image. En politique, pareil : en période de campagne, gouverneurs, sénateurs et députés américains dénouent sans difficulté leur cravate pour manier ballon de basket et batte de base-ball sur les *playgrounds*, pour faire sauter des crêpes ou effectuer des pompes sur les podiums quand, en France, on continue de penser que tout politique sérieux doit s'en tenir aux bains de foule et à la dégustation de vin rouge et de rillettes sur les marchés. Le publicitaire Jacques Séguéla avait fort bien diagnostiqué dès 1996 les limites de notre sens si développé des bonnes manières lorsque, s'adressant à tous les ambassadeurs de France lors de leur réunion annuelle à l'Élysée, il leur avait conseillé ceci : *Portez des couleurs plus vives, faites-vous sponsoriser par les grands couturiers, soyez bronzés, n'ayez pas l'air de cadavres.* Il avait indigné les ambassadeurs et s'était attiré les moqueries de toute la presse dès le lendemain. Mais c'est lui qui avait raison : le vrai mal de la France, c'est son manque d'humour.

Mon téléphone vibra brièvement sur ma cuisse. Ce ne pouvait être que Janka Kučová. La perspective si inattendue de nos retrouvailles la surexcitait et la plongeait dans l'anxiété à la fois. Elle m'envoyait une bonne quinzaine de messages par jour dans lesquels elle me demandait si j'avais enfin obtenu mon billet et mon visa, si je n'allais pas changer d'avis au dernier moment, etc. D'autres jours, elle me confiait qu'elle se trouvait folle de s'en remettre ainsi à un parfait inconnu, qu'elle se demandait s'il ne serait pas plus raisonnable qu'elle renonce, et que je ne devais en aucun cas en tirer la conclusion qu'elle était une fille facile. *Hey, don't think I'm playing around.* Rien de bien original, mais je lui répondais chaque fois avec le même empressement juvénile, comme si c'était la première fois qu'une femme me faisait un tel effet.

Cela me démangeait de sortir mon téléphone de la poche de mon pantalon. Mais tromper la confiance de Caridad en sa présence me semblait bien pire qu'avoir à tout lui avouer une bonne fois pour toutes. Je me tournai vers elle, posai une main prudente sur sa nuque. À quels hommes pourrait-elle plaire désormais, avec son haleine défaillante et son décolleté fripé par trente ans d'exposition exagérée au soleil ? Elle ressemblait de plus en plus à Alberto, avec l'ombre de ses arcades sourcilières gagnant chaque année un peu plus de terrain sur son regard. Après sa dernière fausse couche, lorsqu'elle avait dû définitivement renoncer à avoir un enfant un jour, elle m'avait dit : *Heureusement, je t'ai, toi.* Sans imaginer un seul instant combien mon expression de compassion accablée cachait en réalité un immense soulagement. D'enfant, moi, je n'en avais jamais voulu, Timothée compris.

Sans quitter l'écran des yeux, Caridad finit par poser sa main sur la mienne. Tant d'obstination à me pardonner devenait franchement décourageant. Au cours de ma vie, quelle autre femme qu'elle avais-je croisée d'assez généreuse pour me veiller une nuit entière pour un banal accès de fièvre, en silence, sans cesser de me caresser les cheveux ni céder une seule seconde au sommeil malgré sa journée de travail du lendemain à affronter ? Aucune. Je m'étais endormi puis réveillé par intermittence et, chaque fois que j'avais entrouvert les yeux cette nuit-là, j'avais trouvé son regard et son sourire braqués sur moi comme ceux d'une bonne fée, jusqu'au matin. De la même façon, elle avait versé de vraies larmes de joie à l'annonce officielle de la guérison du cancer de ma mère, laquelle ne lui avait pourtant jamais accordé l'affection et la complicité que Caridad, trop tôt orpheline de la sienne, avait espérée. C'est en la regardant être que j'avais compris que je n'avais pas de cœur. Et, parce qu'elle m'aimait sans condition, qu'en avoir ne faisait pas tout dans l'amour.

Delon était maintenant filmé à distance, se faufilant en smoking parmi les ombres nocturnes sur le toit du casino Palm Beach de Cannes. L'acteur enchaînait les effets inutiles entre les créneaux mauresques. Son parcours sentait le carton-pâte et la répétition bâclée. Me faisant plus insistant sur la nuque de Caridad, je tendis ma jambe et, de ma main gauche, délogeai le plus discrètement possible mon téléphone du fond de ma poche. Tout en gardant ma tête orientée face à l'écran de télévision, je parvins d'un regard en coin à déchiffrer le message de Janka Kučová.

Elle m'avait écrit ceci : *Pour l'hôtel, je tiens absolument à ce que vous réserviez deux chambres séparées. Sinon, c'est bien simple, je ne viens pas.*

3

Je ne regardais jamais à la dépense lorsque je m'engageais dans une nouvelle aventure. Au contraire, le sexe m'apparaissant comme le seul enjeu vraiment défendable de mon existence, il requérait un certain confort. L'hôtel Helvetia se situait dans une rue perpendiculaire à la perspective Nevski. Classé quatre étoiles, son site internet le décrivait comme « un petit coin de Suisse mâtiné de Russie impériale ». Calme et cossu sans excès, pourvu d'un spa et une boîte de nuit en dépendance, l'ensemble était assez fidèle aux photos promotionnelles publiées sur le site, lesquelles mettaient en scène un couple témoin très *Nouveaux Russes*, lui en jeune loup des affaires ou de la finance rivé à son iPad, elle en potiche boudeuse ruminant des reproches sur un lit king size. En tout cas, pensai-je une fois la porte de ma chambre refermée sur le groom auquel je venais de remettre un pourboire de 250 roubles pour s'être chargé de ma valise que j'aurais tout aussi bien pu porter seul, ce serait suffisant pour impressionner une modeste étudiante slovaque de vingt-six ans. J'avais réservé en ligne une suite *Junior* à 12 450 roubles la nuit, soit 250 euros. Pour Janka Kučová, une *Classic room* à 6 545 roubles. La *Compact* coûtait 30 euros de moins mais je ne voulais pas paraître mesquin. Et puis, en m'y prenant avec finesse, je parviendrais peut-être à la convaincre de me rejoindre dans ma chambre suffisamment tôt pour me faire rembourser le prix de la sienne auprès des réceptionnistes.

Il me restait du temps à tuer avant de me rendre à la gare pour y chercher Janka Kučová. Son aller simple Moscou-Saint-Pétersbourg en première classe par train à grande vitesse m'avait coûté 170 euros, deux fois plus cher que le billet de seconde classe. Pour obtenir mon visa depuis Paris, j'avais fait appel à une agence spécialisée dans les délais rapides qui, pour 300 euros, réduisait également au minimum les démarches administratives. Quant à mon billet d'avion, réservé trop tard pour bénéficier des promotions proposées par les différentes agences de voyages en ligne, je l'avais payé au prix fort, un peu moins de 400 euros. Avec mon taxi pour Roissy ajouté à celui qui m'avait mené à l'Helvetia depuis l'aéroport de Saint-Pétersbourg, j'en étais déjà à près de 1 500 euros de dépenses, soit un peu moins de la moitié de mon salaire mensuel, rien qu'en logistique et toujours sans garantie de sexe : une folie pour le commun des mortels.

J'allumai la télé, zappai et arrêtai mon choix

sur un reportage animalier britannique. Au beau milieu d'une savane de Tanzanie, un lionceau espiègle agaçait son père pendant la sieste. Selon qu'il mordillait le flanc ou l'échine du fauve assoupi, ce dernier réagissait soit en posant sur sa progéniture une grosse patte attendrie, soit en le menaçant de sa gueule ouverte dans une esquisse débonnaire de rugissement. Un peu plus loin, en position de sphinx, la mère assistait à ce spectacle qui était un moment de répit dans sa journée rythmée par l'affût et la vigilance. Les paupières mi-closes, elle avait cette expression qui s'installe chez tout être vivant en temps de paix, lorsqu'on n'a pas conscience que tout va bien et que la vie, au bout du compte, n'aura rien de meilleur à vous offrir. Plus tard, elle repartirait à la chasse et rapporterait de quoi nourrir son mâle et son petit. Lequel grandirait et, au bout de quelques années, dans l'hypothèse où il resterait durablement épargné par la maladie et les braconniers, rabrouerait à son tour paresseusement sa descendance sous l'immuable soleil de la savane. Rapporté au monde des hommes, songeai-je en sortant mon ordinateur portable de ma valise, je préfère encore mon suicide financier sur fond de démon de midi.

Un nouveau mail de Lysette M. Thibodeaux m'annonçait, d'une part, que ma participation inopinée au séminaire qu'elle organisait à la fin du mois de janvier avait été validée par l'administration de l'université. D'autre part, qu'elle souhaitait mon accord officiel ainsi que celui de mon éditeur pour la publication d'un large extrait du chapitre de mon livre consacré au « Legs francophone » dans le bulletin trimestriel de son département. Afin de se prémunir contre toute récrimination ultérieure de ma part et en vertu de l'extrême sérieux avec lequel les Américains abordaient la question des droits d'auteur, elle avait joint à son courrier une autorisation préalable de publication assortie d'une petite application à télécharger sur mon ordinateur lui permettant de recueillir puis valider ma signature électronique.

Dans ce chapitre, je tentais en gros de démontrer que, là où le français était langue officielle hors des frontières de l'Hexagone, les peuples avaient en partie hérité de nos malfaçons génétiques. Ainsi en Belgique les Wallons étaient-ils méprisés par les Flamands pour leur paresse, leur saleté et leur manque de discipline. En Suisse, les Alémaniques trouvaient les Romands superficiels, phraseurs et individualistes, et au Canada, les Québécois passaient auprès des Anglos pour étatistes et inutilement contestataires. J'évoquais également les Caraïbes et l'Afrique francophone et anglophone : le fonctionnariat attentiste et le syndicalisme à outrance en Martinique et en Guadeloupe, le manque de compétitivité économique de la Côte-d'Ivoire face au Ghana voisin.

Lysette M. Thibodeaux se disait particulièrement sensible aux dernières pages du chapitre où, après un passage en revue des griefs de condescendance et de paternalisme formulés à l'égard des Français par ces mêmes individus wallons, romands, québécois, antillais et ivoiriens, je notais combien l'attachement à la notion même de francophonie était l'affaire de tous les pays francophones, sauf la France. Laquelle ne faisait semblant de s'y intéresser qu'une fois par an, le 20 mars, en organisant pour l'occasion à travers son réseau culturel à l'étranger une journée de conférences et de célébrations aussi ringardes qu'atterrantes d'ennui. Pas étonnant, écrivais-je, qu'un pays aussi dynamique et déterminé à *émerger* que le Rwanda (8 % de croissance par an) ait décidé dès 2009 de quitter l'espace francophone pour celui du Commonwealth par le biais duquel, avec ses célèbres *Games*, sa banque, ses universités et sa centaine d'associations, les Anglais auront su, eux, capitaliser sur la diversité dès 1926.

Ce désintérêt à l'égard d'une richesse potentielle telle que la Francophonie est une évidence malheureusement ignorée par la plupart de vos dirigeants et compatriotes déplorait Lysette M. Thibodeaux dans son e-mail où, une fois de plus, pointaient de subtils anglicismes. *Merci à vous pour avoir été l'un des rares à avoir eu la clairvoyance de le dénoncer.* Elle n'y faisait pas allusion cette fois, mais tout cela me paraissait un bon présage pour ma nomination au poste de *visiting professor*.

Le documentaire animalier montrait à présent une séquence où deux girafes, dans d'amples et violents mouvements de balancier, se donnaient des coups de tête. Leur crâne paraissait une masse suspendue tout au bout de leur cou hors norme. De prime abord, il m'était impossible de déterminer s'il s'agissait d'un combat entre mâles ou d'une parade nuptiale. C'est la chute à terre de l'un des deux mammifères qui m'apporta la réponse. D'abord vacillant sur ses pattes, l'animal s'était ensuite pesamment abattu dans la poussière comme une grue de chantier mal équilibrée. Il y avait quelque chose de reptilien dans les convulsions de ces gorges longues, épaisses et musclées. Le commentaire expliquait que le poids de la tête d'une girafe adulte pouvant excéder de dix kilos celle d'un jeune animal de taille comparable, le combat était toujours perdu d'avance pour celui-ci. J'appris également un peu plus tard que, pour gagner du temps en cas d'attaque de prédateur, la girafe dormait essentiellement debout, comme les chevaux.

Le temps passait. Allongé sur le confortable lit de ma suite *Junior*, je ne parvenais pas à me détendre. D'abord, n'ayant toujours pas fait signe à Caridad depuis mon arrivée, mon sentiment de culpabilité à son égard avait grandi. Et puis, c'était toujours la même chose avant un rendez-vous sexuel avec une fille : mon excitation était entamée par ma crainte de ne pas parvenir à bander le moment venu. Les quelques fois où cela m'était arrivé restaient parmi les pires souvenirs de ma vie d'adulte. Je ne connaissais rien de plus déshonorant ni de plus minant que de ne pouvoir satisfaire l'attente d'une femme pour une bête histoire d'irrigation sanguine et de corps caverneux. Quel dieu dans ces cas-là s'acharnait-il à punir les mâles gouvernés par leur intellect davantage que par leurs pulsions ? Comment diable les hommes s'y prenaient-ils, dans les films, pour monter du premier coup des inconnues sous les porches ou dans les ascenseurs ? On voudrait se rassurer dans ces cas-là en se disant que ces troubles occasionnels de la virilité ne tracassent que les hommes eux-mêmes. Et qu'à condition de savoir en rire au lit et redoubler de chaste tendresse en attendant de retrouver la confiance, une femme saura alors se montrer compréhensive à votre égard, voire attendrie. Mais non, compréhensives ou pas, de tels imprévus frustrent les femmes, vous humilient et vous foutent le moral en l'air pendant vingt-quatre heures minimum.

Pour me changer les idées, je décidai de me rendre à pied avec un peu d'avance à la gare Moskovski, laquelle ne se trouvait pas loin de l'hôtel, au début de la perspective Nevski. À seulement quatorze heures, il en paraissait vingt. En cette saison sous ces latitudes, le jour ne se décide jamais tout à fait. On a le sentiment qu'un orage d'un gris ténébreux menace perpétuellement au-dessus de la ville. Sur le trottoir, dans l'enfilade de ces façades XVIIIe caractéristiques souvent repeintes en rouge, bleu ciel ou jaune vif, les boutiques de marques de luxe ou de téléphonie mobile rivalisaient dans le tape-àl'œil mondialiste. J'essayais de me représenter l'avenue du temps de Brejnev, quand la ville s'appelait encore Leningrad et que, malgré les privations matérielles affectant les populations au quotidien, on commençait en signe de dégel à porter des jeans et à écouter du rock dans les grandes villes d'URSS. C'est au cours de ces années-là, écrivais-je dans un chapitre de mon livre intitulé « La terreur du bon cœur », qu'avait été inventé en France un phénomène resté depuis sans équivalent ailleurs dans le monde : la bonne conscience de gauche. Je m'y attachais à montrer que, contrairement à l'Espagne ou à l'Italie, où la sincérité des causes populaires était jusque dans les années 1990 directement liée à une adversité politique tangible (l'histoire fasciste récente des deux nations), l'apologie des *petites gens* en France était une hypocrisie devenue devoir national à partir de mai 1968. Dès lors, intellectuels et hommes politiques créent de toutes pièces un enjeu de lutte des classes au sein d'un pays pourtant bien portant socialement comme économiquement. On se met à attribuer une souffrance excessive à un milieu ouvrier qui n'en demandait pas tant tout en se faisant passer pour généreux parce qu'on fustige avec férocité ceux qui ont le courage de ne pas prendre part à tout ce cirque mondain. Il est interdit de ne pas aimer le peuple. Mieux, il faut le plaindre. Car, autre particularisme, le Français éduqué attache davantage d'importance à l'image publique qu'il cherche à donner de lui-même qu'à ses convictions. On connaît la suite : par crainte de passer pour un bourreau du peuple, on cède à tous ses caprices, toute réforme de fond devient impossible. *Les Français sont des veaux* : la formule n'était pas de moi, non ? C'est à ces années post-mai 1968, donc, que je faisais remonter cette sclérose des mentalités à l'origine de tous nos malheurs contemporains, en tête desquels la schizophrénie. En effet, nulle part ailleurs qu'en France on avait autant cherché à dissimuler qu'on aimait, comme tout le monde, l'argent et la réussite. Cette période avait ainsi marqué l'avènement d'une autre spécialité exclusivement française : le bobo.

Il y avait un Africain sur le trottoir. Posant au garde-à-vous, hallebarde de théâtre au poing et entièrement vêtu d'une réplique de costume Louis XVI, avec souliers à boucles, bas de soie, veste longue de brocart, tricorne et perruque blanche à rouleaux, il faisait office d'enseigne publicitaire vivante pour un restaurant. Dans un pays sans Noirs, pensai-je, dans un pays confinant ses rarissimes étudiants noirs à l'intérieur des universités pour leur éviter dehors les persécutions moyenâgeuses de la population, bref, dans un pays naturellement dépourvu de mauvaise conscience de gauche, cet homme vivait-il sa situation comme une humiliation ou comme un simple avatar de son parcours d'émigré plus ou moins clandestin ? Je pensai à cet étudiant gabonais de master qui, débarquant à Paris pour la première fois, m'avait décrit ses premières impressions le surlendemain de son arrivée : la ville qu'il trouvait belle avec ses longues avenues et ses boutiques, les arbres perdant leurs feuilles à l'automne dans les squares, etc. Il avait ajouté en fronçant des sourcils aussi scandalisés que possible : *Ce matin, j'ai été victime de racisme dans le métro.* Comme si la découverte de ce Paris qu'on lui avait tant vanté depuis Libreville n'aurait pas été complète sans ce non moins légendaire bémol : les Français n'aiment pas les Noirs. Il m'avait expliqué qu'au moment précis où il s'était assis sur le strapontin en entrant dans le wagon, son voisin blanc s'était levé du sien. Pour se rasseoir sitôt que mon étudiant était descendu de la rame, trois ou quatre stations plus loin. Je lui avais demandé alors si le wagon était plein au moment où il était entré, et s'il s'était vidé au moment où il était sorti. Il m'avait répondu oui et je lui avais suggéré que ce qu'il avait pris pour du dégoût de la part du type n'était peut-être que l'application de cette règle implicite qui exige qu'on se lève de son strapontin lorsqu'il y a trop de voyageurs agglutinés dans le wagon. Je m'étais abstenu de lui confier que je trouvais d'ailleurs ce rituel aussi grotesque qu'hypocrite, surtout lorsque celui qui se lève, fort de sa légitimité de bon citoyen et de bon chrétien, se permet de fusiller d'un regard haineux celui qui choisit de rester assis. Bref, méditai-je en passant devant cet Africain qui maintenait impassiblement sa hallebarde à la verticale sous l'œil goguenard des passants, le *racisme*, ce n'est bien l'affaire que des ex-puissances impériales et de leurs colonies d'antan.

Dans le hall de la gare, au-dessus des boutiques, le mur était couvert par une carte gigantesque représentant les principales lignes du réseau ferré russe. Au départ de Saint-Pétersbourg, on avait la possibilité de se rendre à Tallinn, Riga, Kiev ou Helsinki. Mais aussi Almaty, Tachkent, Astrakhan, Batoumi, Astana ou Barnaoul, des villes pour la plupart lointaines et peuplées mais qui échappaient en tout point à la capacité d'imagination des masses occidentales. On peut se faire une vague idée d'Osaka, de Wellington, du Cap ou d'Ushuaïa. Mais de Samara, d'Orsk ou de Touapsé, non. Et rien ne me parut en cet instant pouvoir mieux refléter que cette carte démesurée la juxtaposition sur terre d'univers aussi indifférents l'un à l'autre que l'Europe de l'Ouest et l'Asie centrale.

Je pris un thé au citron dans un snack désert où pendaient des guirlandes de Noël. J'en profitai pour envoyer à Caridad un SMS où je lui annonçais être bien arrivé à Saint-Pétersbourg, avoir eu à peine le temps de poser mes affaires à mon hôtel et être sur le point de me rendre à la séance de dédicace organisée par mon éditeur. *Je t'appelle dès que possible. Tu me manques.* En lui donnant ainsi des nouvelles quelques minutes seulement avant l'arrivée de Janka Kučová, j'éliminais toute chance que Caridad m'appelle en sa présence et repoussais loin l'échéance de mon prochain SMS ou, plus improbable, d'un coup de fil.

Le train de Janka Kučová entra en gare, aussi ponctuel qu'un TGV. D'ailleurs, c'était un TGV. Je me postai à l'entrée du quai et pris une profonde inspiration pour tenter enfin de dompter ce mélange désagréable de fièvre et d'appréhension que ma promenade n'était pas parvenue à dissiper. Je n'allais quand même pas me mettre dans tous mes états pour une fille de vingt ans de moins que moi. Au bout d'un moment, nous nous aperçûmes parmi la foule. Traînant un gros sac de nylon à roulettes, elle sourit malgré son air inquiet, limite hostile. Je ne m'en étais que trop douté : ses prétendues motivations sexuelles n'étaient qu'un leurre. Les deux points forts de cette jeune femme, pensai-je en m'engageant à contre-courant des voyageurs pour aller à sa rencontre, c'est le regard et le sourire. L'effet de rehaussement que des yeux expressifs et une belle dentition peuvent produire parmi des traits banals est prodigieux. En me rapprochant, puis en me penchant vers son visage, je constatai en effet que, sous le fond de teint trop épais de ses joues, transparaissaient de disgracieux trous d'acné que ma mémoire avait chassés. Et puis son nez aussi, dont le bout me parut définitivement trop fort et trop rapproché de sa lèvre supérieure. Elle dégageait néanmoins une impression générale de fraîcheur et de santé, indispensable préalable pour un accouplement.

Afin de la rassurer, je lui fis une bise chaste sur chaque joue, tout en me remémorant les résultats d'une récente étude de deux chercheurs en psychologie comportementale de l'université d'Oxford démontrant que le baiser avec la langue dit *romantique*, phénomène développé chez l'homme davantage que chez tout autre mammifère, chimpanzés et bonobos compris, permettait surtout aux femmes de déterminer la qualité reproductive et génétique d'un nouveau partenaire. D'où leur préférence pour des hommes aux traits réguliers et masculins marqués. Quant aux hommes, l'étude concluait que cette pratique ne représentait à leurs yeux qu'une étape préliminaire à franchir à des fins d'acte sexuel et rien d'autre.

En gentleman, j'empoignai d'autorité la valise de Janka Kučová. Puis, comme avec Mondoloni à Moscou, je pris l'initiative d'une conversation attentive, tout en obligeance, tandis que nous traversions le parvis de la gare pour nous engager sur la perspective Nevski. Les adultes ne formulent pas clairement leur volonté d'être pris en charge. Vous pouvez, ainsi, côtoyer pendant des heures un individu sans prendre la peine d'échanger un seul mot avec lui, il ne vous le reprochera pas. On ne court aucun risque à ne pas se forcer à s'intéresser aux autres, même pas celui de passer pour antipathique. Peu de gens, ainsi, connaissent le subtil pouvoir de l'écoute et de la sollicitude : les écoutés s'attachent naturellement à leurs écouteurs, si rares, au point souvent de finir par en dépendre sans même s'en rendre compte. Et c'est avec les femmes que cela se vérifie le mieux. Nous marchions sur la perspective Nevski avec Janka Kučová et je me montrai assez léger, drôle, ouvert et humble pour lui faire oublier mon arrogance de notre première rencontre à Moscou. Je m'attachais surtout à la rassurer en ne laissant rien transparaître dans mes mots ou dans mes gestes pouvant lui laisser imaginer que je n'attendais qu'une seule chose : la déshabiller et coller ma bouche à son sexe. De toute façon, cela faisait longtemps que j'avais compris que, conjugué à mon charme naturel, c'était m'empêcher moi-même de faire le malin qui était mon meilleur atout de séduction.

À l'hôtel, elle monta sans hésitation déposer sa valise dans sa *Classic room*. Un peu vexé, pensant à tout l'argent que j'avais dépensé pour ces quarante-huit heures avec elle, je restai néanmoins stoïque dans l'un des canapés de la réception. Au fond, ce n'était pas plus mal. D'abord, se ruiner pour une femme sans garantie de sexe avec elle ne manquait pas de style. Ensuite, Janka Kučová était une fille compliquée et pleine de contradictions, il n'y avait sans doute rien de bon à en attendre dans un lit. Je patientai là quelques minutes en me demandant si, au cas où il ne se passerait jusqu'au bout rien de physique avec elle, je pourrais toujours envisager quelque chose de plus concret avec l'employée brune qui me lançait des sourires à intervalles réguliers derrière le desk de la réception. *Everything's okay sir ? Are you satisfied with your room ?* On ne couche pas avec les réceptionnistes de son hôtel, pensai-je. Ou bien au prix d'une nouvelle réservation de chambre dans un autre hôtel, après les heures de service de l'employée. Et puis je n'aimais pas ses lèvres, beaucoup trop fines.

Janka Kučová réapparut. Elle avait pris le temps de passer un coup de brosse sur ses cheveux, de se retartiner le visage d'une couche de fond de teint et de se remettre un peu de rouge à lèvres. D'un point de vue strictement occidental, elle avait l'air d'une pute. « Je voudrais qu'on aille voir les salles Rembrandt, à l'Ermitage », m'annonça-t-elle avec un petit air sadique de défi, comme pour me signifier : « J'espère que tu ne comptais pas me baiser à peine arrivée, quand même. »

Pour mériter le corps d'une femme en âge de se divertir sans modération de tous les plaisirs qu'une grande ville peut offrir, pensai-je, un homme revenu de tout doit consentir à des sacrifices et manifester à son tour un minimum d'enthousiasme, surtout lorsqu'il s'agit d'art et de culture.

« Bien sûr, mentis-je avec un sourire forcé. Ça tombe bien, j'adore Rembrandt. »

Nous rejoignîmes à pied la station de métro Maïakovskaïa. Accoutumée à ces climats, Janka Kučová affrontait le froid avec une détermination tranquille, maintenant son bonnet haut sur son front et contractant à peine les épaules sous sa doudoune. Quant à moi, je sentais mes pieds commencer à geler dans mes chaussettes trop fines et je plissais douloureusement les yeux sous le crachin neigeux qui allait se dissoudre dans la fragile couche de neige qui recouvrait les trottoirs.

« Et pourquoi vous ne voulez plus d'enfants ? »

Elle m'avait demandé cela de but en blanc au terme d'un long silence. Depuis la gare, c'est la première question qu'elle me posait avec un réel intérêt. Je veux dire : où son propre intérêt n'était pas complètement exclu. À vingt-cinq ans seulement, une heure à peine après nos retrouvailles, la voilà qui évaluait chez moi le géniteur potentiel.

« Parce que je ne veux plus m'encombrer de rien dans ma vie. Avec la maturité, je suis progressivement devenu un égoïste qui s'assume. »

Elle me jeta un regard bref qui hésitait entre dégoût et perplexité. Un homme confessant ne pas vouloir d'enfants en préambule de toute initiative amoureuse, cela pouvait s'avérer risqué et contre-productif.

« Mais bon, ajoutai-je comme si je venais de lui faire une bonne blague, c'est aussi peut-être parce que personne ne m'en a jusque-là vraiment donné envie. Il y a des gens qui savent vous révéler vos propres désirs. C'est peut-être cela, l'amour. »

La manœuvre était grossière, mais Janka Kučová sembla rassurée par ma réponse. À cet âge, de toute façon, une femme déterminée n'entend que ce qu'elle veut entendre. Au point de s'imaginer providentielle et de se convaincre qu'elle pourra changer un homme.

Nous fîmes la queue pendant près de quarante-cinq minutes dans la cour d'honneur du palais de l'Ermitage. J'étais abruti de froid, ce qui présentait au moins l'avantage de neutraliser tous mes membres et de m'éviter ainsi des gestes inutiles ou embarrassés. Janka Kučová, elle, s'accroupissait régulièrement pour ramasser un peu de neige au sol qu'elle modelait ensuite distraitement entre ses doigts. Il en ressortait d'éphémères sculptures assez adroitement exécutées qu'elle rejetait presque aussitôt à terre.

Alors que nous atteignions enfin les guichets de vente de tickets, elle me posa une seconde question : « Pourquoi ne pas voir plus vaste dans votre façon d'envisager l'écriture d'un livre ? » Elle poursuivit : « Dans le vôtre, ce n'est pas le sujet qui cloche. Parce qu'il n'y a pas de mauvais sujet. Le problème, c'est le traitement. Je ne connais pas la France. Mais, à vous lire, j'ai le sentiment que votre livre est très *français*. Quelque chose de trop sûr de soi dans le ton, de moqueur, de *bourgeois*, je ne sais pas. À quoi cela peut-il bien vous servir, d'être aussi méchant ? »

J'étais bien forcé d'admettre que, malgré son aplomb simpliste, elle n'avait pas tort. Mais mon diagnostic à son sujet était désormais fixé : Janka Kučová appartenait à la sous-espèce des agressives chroniques qui ne pouvaient s'affirmer que dans le broyage d'autrui, des hommes de préférence. C'était fort déplaisant, mais pas assez pour me faire renoncer à coucher avec elle. À ce stade de ma vie, ce n'était plus l'amour que je recherchais.

« Vous avez raison, dis-je avec ce menu pic de jouissance que peut parfois procurer une contrition exagérée. Je sais que ça ne vaut pas grand-chose, je fais ce que je peux. »

Elle approuva nerveusement de la tête, déçue sans doute par mon manque de pugnacité. Avec ce genre de filles-là, pensai-je, une seule issue : l'autoflagellation.

L'intérieur du palais de l'Ermitage était d'un faste démoralisant. L'enfilade de pièces et d'escaliers ouvragés semblait interminable. Péniblement, nous finîmes au terme d'une bonne heure et demie par parvenir enfin à l'espace consacré à Rembrandt. Icônes, sculptures, peinture italienne, française, espagnole, toiles modernes : Janka Kučová s'arrêtait partout en lisant l'intégralité de la notice de chaque œuvre. J'étais au supplice. Chaque fois que nous pénétrions dans une nouvelle salle, luttant pour ne pas m'affaler sur les banquettes de repos, je la suivais bravement, avalant mes bâillements et agrémentant régulièrement ma présence de commentaires du type *Ah, ça c'est très beau, j'aime beaucoup.* Pour ne pas passer non plus pour un crétin, je poussais parfois le zèle à quelques remarques qui, pour qui n'était pas trop exigeant ni n'avait pas, comme moi, conservé quelques vieux souvenirs de ses cours d'espagnol de classe de terminale, pouvaient me faire passer pour un type cultivé : *Ça, c'est du Goya d'avant sa maladie. C'était en quelle année, déjà, sa crise de saturnisme ?* En tout cas, ça marchait. Je sentais progressivement Janka

Kučová se détendre. Au point qu'à un moment donné, devant je ne sais plus quel nu de je ne sais plus quel peintre flamand, elle attrapa mon bras avec douceur, persuadée qu'en matière d'art nous étions elle et moi sur la même longueur d'onde. Tout ce qu'une femme demande à un homme pour s'émouvoir, pensai-je, c'est qu'il lui prouve qu'il a une sensibilité.

Je n'y connaissais à peu près rien en peinture mais je me plaisais à penser qu'il y avait chez Rembrandt cette liberté généreuse, lucide et volontiers cruelle qui fait les grands artistes. *Un barbu, Jeune femme aux boucles d'oreille, Vieillard dans son fauteuil, Homme à son bureau, Jeremias Decker, Baertje Martens* : dans chacun de ces portraits, l'expression du regard et le détail des imperfections faciales du sujet ne pouvaient provenir que d'une observation des hommes à la fois attentive et sans illusion. Le détachement, pensai-je, ce n'est pas tourner le dos à la vie, bien au contraire. C'est le résultat logique d'une acuité sensorielle surdéveloppée et d'une tentative extrême de compassion pour le genre humain. J'aimais beaucoup moins les scènes collectives bibliques : *Le Sacrifice d'Abraham, Le Retour de l'enfant prodigue, La Sainte Famille aux anges*, où la multiplication des motifs et des prouesses techniques sur une même toile m'écœurait un peu, comme la peinture classique en général.

La notice de *Danaé* précisait que, près de trente ans plus tôt, en 1985, un dément lituanien avait vandalisé le tableau à coups de couteau tout en l'aspergeant avec rage d'un bon litre d'acide sulfurique. Une photo témoin en noir et blanc prise à l'époque montrait la toile massivement défigurée sur toute sa largeur par de longues stries blanches particulièrement concentrées sur le visage et les cheveux de Danaé. La restauration de l'œuvre avait duré douze ans.

« Reconstituer l'irrémédiable, moi, ça ne me fait pas tellement rêver », hasardai-je tout en jetant un discret coup d'œil à ma montre qui indiquait dix-sept heures trente, plus qu'une demi-heure avant la fermeture du musée. *That doesn't make me dream.*

Janka Kučová était à l'âge où l'usage de termes abstraits de plus de deux syllabes pouvait encore impressionner. Elle me fixa pour la première fois avec un désir sans filtre dans le regard. « Je ne suis pas d'accord, répliqua-t-elle en agrippant de nouveau mon bras, mais en y exerçant cette fois une pression sans ambiguïté. Pourquoi ne pas laisser une chance à la science et à la technique ? Ce qui compte, n'est-ce pas le génie qui a déterminé une bonne fois pour toutes le mouvement d'une œuvre ? »

« Oui, vous avez raison », m'empressai-je d'approuver afin de mettre un terme à cet embryon de débat prémâché. J'en profitai pour poser à mon tour ma main sur son bras, qu'elle retira aussitôt du mien comme pour me signifier : *Mais qu'est-ce que vous allez vous imaginer ?* Agacé, je m'abstins de faire une remarque. J'avais envie de rentrer à l'hôtel en la laissant jouer toute seule au chat et à la souris. C'est fou, pensai-je, ce talent que possèdent certains individus pour nous imposer des situations et des représentations de nous-mêmes qui ne nous ressemblent pas.

« Est-ce le fait d'avoir une compagne en France que vous êtes en train de me faire payer ? » finis-je par lui demander en lui barrant ostensiblement le chemin vers le tableau suivant, une scène intimiste intitulée *Femme berçant l'enfant.* Janka Kučová s'immobilisa et soutint mon regard avec une intensité sévère pendant quelques secondes. J'avais frappé juste. « Dans ce cas, poursuivis-je en fronçant les sourcils, rien ne vous obligeait à accepter de me rejoindre à Saint-Pétersbourg. Votre indétermination va vraiment finir par me décourager. »

« Eh bien tant pis, fit-elle en m'écartant d'un revers de la main pour se frayer un passage, vous n'avez qu'à vous décourager, cela m'est bien égal. » *Just lose your heart then. I don't care.*

Nous terminâmes la visite dans un silence boudeur, elle continuant à scruter les notices des tableaux tout en jetant de rapides coups d'œil de mon côté par intermittence, et moi la précédant tout au long du parcours d'une bonne quinzaine de mètres jusqu'à la sortie. Au vestiaire, après l'avoir aidée à enfiler son manteau, affichant un air aussi indifférent que possible, j'en profitai pour consulter les messages reçus sur mon téléphone portable. Caridad m'avait écrit ceci : *Tu dois être en pleine rencontre à la librairie.*

J'espère que les questions des Russes sont intéressantes. Elles doivent l'être, on les dit grands lecteurs. Je pense à toi. On s'appelle ce soir ?

Janka Kučová avait à ce point réussi à m'ôter tout désir d'elle que la perspective de répondre un oui franc et massif à Caridad me réjouissait. Le déroulement de la soirée allait être simple : retour à l'hôtel avec Janka Kučová, dîner bref dans la salle à manger, conversation standard puis dodo chacun dans sa chambre, sans le moindre état d'âme. Pour une fois, je n'aurais pas à mentir à Caridad et cela me donnait le sentiment de m'absoudre de mes cachotteries de ces derniers mois, de remettre à zéro le compteur de mes trahisons.

Nous marchâmes. À un moment donné, alors que nous traversions les jardins du palais d'Hiver (ou du palais d'Été, je ne sais plus trop), Janka Kučová fit halte, releva son visage vers le mien et m'embrassa. Cela me rendait sans doute sexy, d'assumer mes choix sans avoir manifesté jusqu'ici la moindre agressivité ni représailles à son égard, avec juste ce qu'il fallait d'orgueil et de dignité. J'accueillis son baiser sans passion mais avec caractère malgré cette saveur de produits cosmétiques de second choix qui venait de m'envahir les papilles, sans trop ouvrir la bouche ni trop dispenser de salive, par petites touches tranquilles mais facétieuses, suçotant brièvement sa lèvre supérieure, me retirant pour passer à son cou tout en pressant avec tendresse sa tempe opposée du plat de ma main. Réjouie par mes initiatives, elle avait fermé les yeux en émettant de petits gémissements. À coup sûr, elle devait penser que la maturité, chez les hommes, cela avait du bon.

Conformément à cette subtile guerre d'ego que nous nous livrions, nous poursuivîmes notre chemin jusqu'à l'hôtel comme si de rien n'était, sans que l'un n'eût à nouveau tenté le moindre geste en direction de l'autre. C'était ridicule mais, au fond, assez excitant. Jeune, je ne voyais pas l'intérêt de se faire désirer. Il me semblait que l'amour, c'était beaucoup plus simple que cela : soit on était aimé, soit on ne l'était pas, point final, inutile d'insister. C'est vers quarante ans que j'avais réalisé n'avoir jamais rencontré autant de succès auprès des femmes que depuis que je leur montrais qu'il m'était égal de parvenir ou non à mes fins avec elles.

À la réception, un panonceau indiquait le spa de l'hôtel. « Ça vous tente, un massage ? » improvisai-je d'un air dégagé. Qu'on s'y emploie soi-même avec bonne volonté ou qu'on leur en propose une séance en institut spécialisé, toutes les femmes aiment les massages. Les hommes croient atteindre des sommets de délicatesse en les invitant dans des restaurants chic ou dans des hôtels de charme, mais rien ne vaut un massage. Sensuel sans forcément être destiné à déboucher sur une pénétration, il leur donne l'impression que vous voulez leur bien avant le vôtre. Sous ses dehors désintéressés, le massage constitue ainsi un parfait laissez-passer pour le sexe.

« Un massage ? » Elle fronça les sourcils suspicieux de quelqu'un qui n'avait aucune expérience dans le domaine. Tant mieux, elle n'allait s'en montrer que plus reconnaissante.

Pour l'équivalent de 85 euros par personne, j'optai au comptoir du fitness club de l'hôtel pour une formule *hammam* + *gommage* + *massage*. Nous repassâmes par nos chambres respectives afin de nous débarrasser de nos épais vêtements d'extérieur. J'en profitai pour m'allonger sur une serviette de bain pliée en deux sur la moquette, calai mes jambes sur le rebord de mon lit puis exécutai deux cents flexions abdominales et cent pompes pour me raffermir le ventre et les pectoraux avant de me présenter torse nu devant Janka Kučová. Cela n'aurait pour seul effet que de me rassurer. Les femmes ont beau moins se formaliser des imperfections d'un corps masculin vieillissant que l'inverse, je ne pouvais supporter l'idée de sa peau jeune face aux premières distensions significatives apparues au cours de ces dernières années au niveau de mes bras, de mes cuisses et de mon thorax. En contractant mes muscles et en recouvrant négligemment de ma serviette les bourrelets de mon bas-ventre, pensai-je, cela devrait à peu près passer.

Nous nous retrouvâmes en peignoir quelques minutes plus tard au sous-sol de l'hôtel, dans un espace désert, feutré et bien chauffé, au son d'une longue et lente plage de musique aquatique diffusée en sourdine. Ça sentait l'huile essentielle d'eucalyptus et le linge propre bien plié. Janka Kučová ne disait rien. Manifestement impressionnée, elle ouvrait de grands yeux, détaillant dans les vitrines de la mini-galerie marchande de l'espace fitness le prix des appareils individuels d'épilation et des maillots de bain de marque.

Le luxe, ça commence quand ? me demandai-je en la regardant se hasarder au-dessus d'une bougie parfumée à quatre mèches tout en retenant ses cheveux d'une main et immobilisant discrètement de l'autre ses gros seins qui se balançaient sous son peignoir. Un voyage en première classe, deux nuits dans un hôtel quatre étoiles, un spa et, plus tard, un souper fin dans un bon restaurant : rien de plus banal pour l'amante d'un industriel ou d'un chirurgien. Aux yeux de jeunes femmes issues de populations à revenus normaux, *raisonnables*, ce que j'étais en train d'offrir à Janka Kučová pouvait sans doute passer pour exceptionnel. Je ne gagnais pas beaucoup plus d'argent qu'un autre. Mais j'avais choisi, moi, de le consacrer entièrement à une aisance abordable, instantanée, périssable, quand la grande majorité des individus économisaient leurs sous en vue d'investissements sérieux, tels que l'achat d'une maison ou les études de leurs enfants. Chacun son rôle, en conclus-je : les dépensiers dépensent et les économes économisent. Il n'y avait rien à redire à cela, c'était dans le plus pur ordre des choses et des êtres.

Janka Kučová avait beau tenter de le dissimuler, elle était éblouie. Tout dans son attitude indiquait que, jusqu'ici dans sa vie, aucun homme n'avait fait montre d'autant d'attentions à son égard. Relevant son visage de la bougie, elle se tourna vers moi et me sourit avec une sorte de grâce enfantine. Puis, réalisant qu'elle s'abandonnait un peu trop, elle se referma aussitôt, mais sans parvenir à faire disparaître tout à fait son sourire. Je l'intimidais. Mes largesses et mon élégance la touchaient autant qu'elle m'était reconnaissante de lui faire découvrir une sensation nouvelle : être prise en charge par un homme, le confort et la sécurité auprès d'un homme. Elle qui jusque-là avait traîné seule son sac de voyage jusqu'aux gares routières, dormi sur des bancs de salles d'attente et joué aux cartes par terre avec ses copains en attendant l'heure du départ du car, elle qui était accoutumée aux bars à bière, aux auberges de jeunesse, aux snacks en sachets, aux bonbons et aux paquets de biscuits, je la faisais soudain évoluer dans un univers haut de gamme rappelant le cadre des comédies romantiques au cinéma. Je lui montrais que cela pouvait exister dans la vraie vie aussi et, surtout, que c'était très agréable. Les jeunes femmes nous impressionnent, pensai-je, mais elles n'ont rien vécu. N'étant sorties qu'avec des ploucs égoïstes et radins à l'intelligence limitée, elles ne savent pas ce que c'est, un homme élégant et *vraiment* attentionné. Il y a une Pretty Woman dans chacune d'entre elles, y compris chez les jeunes altermondialistes à look BCBG ressortissantes des pays de l'ex-bloc soviétique. En détournant sciemment Janka Kučová de son innocente éthique, je me faisais moi-même l'effet d'un corrupteur en douceur. Un beau salaud, quoi.

Au bout de quelques minutes, l'hôtesse d'accueil nous signala que le hammam était à bonne température puis nous fit entrer. Je sentais que Janka Kučová n'était pas insensible à l'idée que la jeune femme nous prenait pour un couple. Il faisait bon dans cette salle vide et carrelée où les reproductions industrielles de motifs marocains sonnaient aussi faux que, mettons, un roquefort made in Texas. Mais peu importe. La vapeur, saine et odorante, était suffisamment épaisse pour rendre nos corps flous dans l'espace, ce qui n'était pas plus mal pour un premier contact visuel. Sa longue serviette solidement nouée sous ses aisselles, Janka Kučová alla s'asseoir du côté de la fontaine d'eau froide. Contractant au maximum mes abdos, je m'installai calmement à l'opposé en feignant une ignorance totale du caractère lourdement suggestif de la situation. Je n'avais pas vraiment à me forcer. En près de trente ans d'activité sexuelle, j'avais connu suffisamment de corps nus de femmes pour en accueillir un nouveau (à plus forte raison, enveloppé dans une serviette) avec une allégresse parfaitement sereine.

« Vous avez déjà fait l'amour dans un hammam ? »

Cela devait bien faire dix minutes que nous étions entrés sans nous être échangé un seul mot, Janka Kučová et moi. Ruisselant dans l'humidité brûlante, allongé sur ma serviette sans penser à rien, paupières closes, j'accueillais avec bonheur sur mon visage quelques gouttes tièdes de condensation tombées du plafond. Pour toute réaction à sa question, j'eus un involontaire mouvement de doigts. Janka Kučová persistait dans ses enfantillages. Paniquée par mon sang-froid, comprenant que j'avais abandonné pour de bon la partie et qu'elle n'aurait pas de seconde chance, la voici qui revenait à la charge.

« Oui, répondis-je. Une fois, au Maroc. »

J'avais pris un plaisir sadique à lui signifier par cette seule réponse que rien de ce que j'entreprendrais avec elle ne serait pour moi une *première fois*. Si elle avait été plus douce, moins dominatrice et moins cruelle, pensai-je, je lui aurais menti, par charité. Je me serais privé de faire le malin pour ne pas lui gâcher la certitude que c'est peut-être avec elle que j'allais étrenner ceci : faire l'amour dans un hammam, comme au cinéma. Pour l'assurer que, malgré son jeune âge et toutes les vies que je traînais derrière moi, elle avait la possibilité de me faire encore découvrir quelque chose.

« Le plus drôle, insistai-je, c'est qu'au même moment, dans la pièce d'à côté, il y avait un colonel de gendarmerie qui était en train de se faire faire une manucure. »

Janka Kučová ne fit aucun commentaire à cela et nous ne fîmes pas l'amour dans ce hammam. J'avais de nouveau refroidi ses ardeurs, tant mieux. Chez une Janka Kučová, de toute façon, c'est encore le conflit qui pouvait le mieux susciter le désir. La première chose que j'effectuai en regagnant ma chambre d'hôtel, juste après le massage, fut d'envoyer un SMS à Caridad : *J'en ai déjà marre, il faut en plus que j'aille me taper un dîner avec le libraire et mon éditrice russe, là. Envie de rentrer. Tu me manques.*

Douché, ma peau adoucie par l'effet du gommage et de l'huile de massage, j'ouvris mon laptop. Le webmaster du site internet de mon éditeur m'avait transféré le message d'une association théâtrale gardoise baptisée La Compagnie des Salopiauds, un nom qui fleurait bon l'irrévérence provinciale et les moyens du bord, bref, l'amateurisme. En effet, dans une langue hâtive vérolée de fautes d'orthographe et de négligences typographiques, le trésorier de la bande me demandait le droit de citer quelques paragraphes de mon livre consacrés au *Chhhht !* du TGV.

C'est, m'écrivait-il, *dans le cadre d'un spectacle où c'est le silence qui aura le premier rôle.* Cela m'était réclamé à titre gracieux, étant entendu que j'adhérais à cette démarche si sympathiquement bordélique.

Ces lignes étaient tirées d'un chapitre plus général dans lequel je tentais de démontrer que la

France était comparable à un gros TGV : un contenant plutôt fiable et sécurisé pour un contenu chamailleur et constipé. *Au cours de mes dix derniers voyages en TGV effectués en pleine période de vacances scolaires,* écrivais-je page 217, *j'ai procédé à un comptage systématique des Chhhht ! agacés proférés dans les wagons bondés de deuxième classe par les parents à l'encontre de leurs enfants bruyants. En voici les résultats. En moyenne pour un Paris-Marseille (3 heures de trajet) : 32 occurrences. Pour un Paris-Bordeaux (3 h 20 de trajet) : 21. Pour un Paris-Rennes (2 h 15 de trajet) : 14. Notons que ces données sont variables selon qu'on voyage en hiver ou en été, saison où les passagers se montrent plus tolérants. Je ne m'attarderai pas ici sur une étude comportementale comparative entre les petits Bretons, traditionnellement plus pondérés que les petits Méridionaux, traditionnellement indisciplinés. Prenez le train en Italie : les enfants y font beaucoup de bruit, mais sans se faire réprimander par leurs parents ni même sembler gêner les autres passagers. Manque d'éducation ou consensus culturel ? Prenez le train en Angleterre, idem : vous récolterez, au pire, quelques sourcils relevés chez une minorité de voyageurs importunés. Quant à l'Allemagne ou la Suède, aussi curieux que cela puisse paraître, on n'y entend pas les enfants dans les trains. L'éducation là-bas ne semble pas envisager la perte de self-control parental. Bref, comme tant d'autres de nos défauts que l'on pourrait penser partagés par le monde entier, le chut ! est français. Ce chut sec et castrateur, mi-embarrassé, mi-excédé, sonore et long en bouche que l'on peut observer d'un point cardinal à l'autre de notre territoire, est indubitablement une spécialité nationale. Vérifiez encore : il est l'apanage exclusif du Français blanc de souche. Par assimilation, de certains Antillais également. Les familles françaises d'origine africaine ou maghrébine n'en possèdent pas encore un usage aussi systématique. Avec ce chut !, le Français de souche ne cherche pas tant à faire respecter la tranquillité d'autrui par sa progéniture qu'il ne cherche à montrer aux autres qu'il éduque bien ses enfants. Ainsi trahit-il tout autant son sens hypocrite de l'intérêt général que son incapacité profonde à appliquer son autorité. Triple échec. Un : à la longue, ce chut devient dans les wagons des TGV plus entêtant que les cris des enfants. Deux : par son usage abusif, le parent finit par l'inscrire à son tour dans l'ADN de sa descendance. Trois : tout le monde stresse au bout du compte, parents comme passagers. Et, par extension, toute une nation.*

À peu de frais, La Compagnie des Salopiauds allait ainsi passer pour littéraire et futée auprès de son public d'artistes ratés et de fumeurs de joints. *Sur les questions de copyright,* répondis-je sèchement, *veuillez contacter le service administratif des éditions Vadel.*

La salle du restaurant était prétentieuse, la lumière trop pâle, et ça sentait légèrement le moisi, sans doute à cause de la moquette dont les propriétaires avaient cru bon de recouvrir le sol. Il est vrai que je ne m'étais pas cassé la tête. J'avais tapé *Best restaurants in Saint Petersburg* sur Google et m'étais décidé un peu au hasard pour un établissement de spécialités géorgiennes à partir de photos de toute évidence trompeuses. La course en taxi m'avait coûté l'équivalent de 25 euros. Janka Kučová, qui avait de nouveau forcé sur le fond de teint et le fard à paupières, avait passé une espèce de robe longue plissée ornée d'une broche genre Swarovski, exagérément brillante, et chaussé des escarpins mauves à petits talons dont le cou-de-pied était surmonté d'une horrible fleur en cuir. Avec sa pochette de soirée assortie, elle semblait tout droit sortie d'un épisode de *Dynastie*. Moi, j'étais comme tous les Français issus de ma tranche socioprofessionnelle : trop ironique pour m'habiller avec une franche élégance. Là, c'est ma chemise bleu foncé qui n'allait pas. Déstructurée par trop de lavages en machine ; le col et les coutures avaient carrément viré au blanc d'usure. Cela se sait trop peu à travers le monde : tant en mode qu'en cuisine, la plupart des Français n'ont pas de goût. Et ne parlons pas de leur sens du design : aucun pays d'Europe occidentale n'impose à ses populations d'aussi hideuses enseignes et vitrines de boutiques, tout particulièrement dans les domaines de la boulangerie et de la coiffure mixte.

Le style de Janka Kučová et le mien étaient radicalement opposés, mais cela ne me gênait pas. Bien au contraire, j'éprouvais une forme de plaisir aristocratique à m'afficher au bras d'une fille qui, par son look, aurait rendu tout le monde perplexe dans mon entourage parisien. Je poussai même le vice à la complimenter sur son maquillage et ses chaussures. Et, comme les femmes aiment les hommes qui prennent des initiatives, je demandai d'un ton poli mais ferme au serveur de nous apporter une bougie afin de rendre l'atmosphère de la table plus intime.

D'autres couples étaient venus dîner dans ce restaurant. Je ne voudrais pas verser dans la caricature de ces amants qui mâchent dans l'indifférence sans s'échanger un seul mot, mais ils n'avaient, tout compte fait, pas grand-chose à se dire. Des téléphones portables traînaient à côté des assiettes, sur l'écran desquels les hommes jetaient régulièrement un œil distrait. On se resservait mutuellement en vin, c'est tout. Le reste du temps, il semblait que les femmes écoutaient les hommes se vanter, ou bien qu'on commentât la tendreté de la pièce d'agneau devant soi ou les options de la nouvelle voiture. On regardait les autres couples, on pensait à autre chose. Ils étaient donc si rares que cela, les types qui, comme moi, faisaient l'effort de s'intéresser à la femme qui les accompagnait et tâchaient de donner un peu de fantaisie à la conversation ?

« Pour être tout à fait honnête avec vous, dis-je en survolant la carte bilingue que le serveur venait de nous remettre à chacun, je crois que vous m'avez plu dès la première fois que vous avez levé la main dans cette salle de la Maison centrale des Artistes. »

Je mentais. En la flattant, je cherchais seulement à capter l'attention de Janka Kučová afin de rendre d'emblée fluide la soirée et capitaliser ainsi toutes les chances de la disposer de nouveau à du sexe avec moi.

« Ah bon ? Je ne m'en serais pas du tout doutée. Vous sembliez si froid. »

Les filles adorent se refaire le film de la première rencontre en s'attardant sur les détails comme autant de mignardises. Elles ne se lassent pas des ralentis, des zooms et des retours en arrière. Elles veulent que vous leur parliez des vêtements qu'elles portaient ce jour-là, de leurs gestes, de leurs regards et de leurs mots, de tout ce qui les concerne qui aurait pu échapper à leur contrôle et qui prouverait que vous avez su les regarder et les comprendre. Jouez le jeu à fond. En général, les retours sont spectaculaires.

« Je suis orgueilleux, comme vous. Pourquoi me serais-je livré si vite ? »

Elle sourit, enchantée par ma franchise. Je poursuivis :

« Chaque fois que vous vous leviez pour prendre la parole, en passant votre main dans les cheveux, comme ça, vous étiez odieusement irrésistible. »

« Oh ! »

Après une fraction de seconde de stupéfaction, elle éclata de rire en me regardant la singer. *Obnoxiously irresistible.* Il n'y a qu'en anglais que d'aussi lourds oxymores pouvaient faire de l'effet. Plus vous pointez leurs défauts, pensai-je, plus elles font semblant de s'en scandaliser. Mais au fond, c'est cela qu'elles attendent d'un homme : surtout pas de compliments béats, mais, comment dire, une intransigeance *concernée*. Inconsciemment, cela leur donne déjà un aperçu de la façon dont vous vous comporterez au lit.

« Chaque fois que vous preniez le micro, toutes les femmes de la salle vous haïssaient. Ne me dites surtout pas que vous n'avez pas remarqué et que vous n'y avez pas pris un malin plaisir. »

Elle rit de nouveau. Direct, le sens de l'observation, de l'humour et de l'audace : j'étais parfait, idéal.

Le serveur revint prendre la commande. Dans les restaurants prétendument chic du monde entier, pensai-je en l'observant, calepin en main et raideur de garde-à-vous, ce sont les maîtres d'hôtel français que l'on cherche à imiter. Ou plutôt, l'idée que l'on veut bien s'en faire. Mais, Dieu merci, sans l'obséquiosité écœurante des véritables maîtres d'hôtel de restaurants français chic. J'optai sans conviction pour un *pkhaleuli*, un plat végétarien d'épinards et de condiments divers. Janka Kučová, complètement désinhibée, pour un *khatchapouri*, sorte de gros naan au fromage local, ainsi qu'un *muzhuzhi*, un truc à base d'abats de porc, du moins si ma mémoire de la traduction du substantif anglais invariable *offal* était bonne. Mais où va-t-elle aller digérer tout ça ? me demandai-je, vaguement dégoûté, en ne pouvant m'empêcher de penser à cette planche de Reiser tirée de je ne sais plus lequel de ses albums. On y voit un type inviter à dîner une jolie fille draguée dans la journée sur la plage. La commande que la fille passe au serveur est interminable. Au cours du dîner, tandis que les plats défilent sous la fourchette de la fille, le type commence à se demander comment elle parvient à rester aussi mince avec de telles habitudes alimentaires. Se représentant soudain le tas de merde qu'elle produira en contrepartie, horrifié, il finit par renoncer à la ramener dans sa chambre d'hôtel.

Lorsque le garçon voulut prendre note du vin que nous avions choisi, Janka Kučová braqua naturellement sur moi des yeux pleins de confiance. Elle aimait donc boire, la bougresse. Comme il revient à l'homme de choisir le vin, à plus forte raison lorsque celui-ci est français, il ne fallait pas faire n'importe quoi. Elle s'attendait sans doute à ce que je claque des doigts et ordonne, comme dans les films américains : *Garçon, un bordeaux Château-Machin !*, assorti d'une date en noir et blanc, genre 1958. Manque de bol, je n'y connaissais absolument rien. Comme pas mal de mes compatriotes, mes seuls critères de sélection d'une bonne bouteille se résumaient à une étiquette pas trop moche, une année de cuvée pas trop proche, un prix pas inférieur à 15 euros, ainsi qu'à des formules imprimées du type *Mis en bouteille au château* ou *Appellation d'origine contrôlée*. Ajoutez à cela la mention d'une médaille d'or ou d'argent obtenue à la faveur d'un obscur concours régional, et j'étais tout à fait conquis. Un vin rouge géorgien, j'imaginais cela, peut-être à tort, plutôt sucré et capiteux. Par esprit de contradiction, je me décidai donc pour un tempranillo argentin à 40 euros la bouteille. L'Argentine, c'était loin. Et puis ça sonnait bien, *tempranillo*. Mais surtout, à ce prix-là, je ne pouvais pas me tromper.

« Bon, repris-je dans un sourire bienveillant après le départ du garçon, pourquoi prendre un tel plaisir à torturer les gens ? Vous réservez le même sort à tous vos soupirants ? »

Elle eut un petit rire bref qui se voulait ironique.

« Ah, vous aussi vous me trouvez méchante. »

On le lui avait donc déjà reproché. Excellente entrée en matière.

« Manipulatrice, plutôt. Belle et intelligente comme vous êtes, vous agissez comme ça pour vous protéger ou pour vous rassurer ? Pourquoi ne pas se comporter plus simplement ? » *Why don't you just let it go ?*

Elle baissa les yeux. J'avais beau lui livrer une psychologie taillée à la serpe, je sentais qu'elle appréciait que je sache élever un débat. Cela devait lui donner le sentiment, décisif chez les jeunes femmes, que je n'étais pas uniquement intéressé par ses fesses. Et, coup de bol, j'avais touché un point sensible. Mais, surtout, en l'amenant sur le terrain de la confidence, je venais d'introduire un cheval de Troie de poids.

Nous arrivâmes à l'hôtel vers vingt-trois heures. L'ascenseur s'arrêta d'abord au troisième étage, le mien. La carte magnétique de ma chambre à la main, je poussai la porte. « Bon, eh bien bonne nuit », déclarai-je sur un ton franc et chaleureux, comme si la qualité de la soirée que nous venions de passer ensemble avait fait de nous des amis pour la vie. Ou plutôt, comme si, ayant bien pris note qu'il ne se passerait rien de sexuel entre nous, je ne songerais plus jamais à la faire changer d'avis. Le type sain, positif et pas rancunier, résolument tourné vers l'avenir. « On se retrouve demain matin pour le petit déjeuner ? » ajoutai-je en lui prodiguant de mon bras libre un *hug* partiel parfaitement neutre.

Lorsqu'un homme traîne à comprendre (ou fait semblant de ne pas comprendre) qu'une femme éprouve pour lui un désir impérieux, il n'est pas exclu que celle-ci prenne l'initiative d'un baiser. Comme Janka Kučová m'avait déjà embrassé dans les jardins du palais d'Hiver (ou d'Été), il ne lui restait plus qu'à faire la gueule. Pas tant une gueule de reproche à mon égard qu'une gueule de colère impuissante vis-à-vis d'elle-même. Quelque chose comme un sentiment de culpabilité dont elle aurait du mal à définir la cause. Normal, pensai-je, puisque c'est moi qui l'ai insidieusement amenée à ce qu'elle s'en veuille de la sorte. Plus manipulateur, tu meurs.

« Bonne nuit », réitérai-je en laissant la porte de l'ascenseur se refermer sur le silence dépité de Janka Kučová. C'est un bloc compact d'incompréhension et de frustration qui s'élevait vers le quatrième étage du bâtiment tandis que je me dirigeai vers ma chambre à travers le couloir désert et capitonné, la conscience tranquille et à peu près certain, désormais, que Janka Kučová allait se précipiter dans mes bras au cours de l'heure qui suivrait, sans plus faire de manières.

Il me restait juste assez de temps pour passer un appel rapide par Skype à Caridad. Coup de chance, elle n'était pas chez elle. Pour ne pas me faire soupçonner de ne pas avoir essayé par tous les moyens de la joindre, j'appelai depuis mon téléphone portable et tombai directement sur sa messagerie vocale. *Ai tenté de te joindre par Skype et de t'appeler sur ton portable*, écrivis-je par SMS. *Fais-moi signe si tu prends connaissance de ce message dans les dix minutes, je ne vais pas tarder à aller me coucher, je suis vanné. Je pense à toi.*

Je suis vanné. En amour, les mots sont comme le reste, pensai-je : avec l'usure, on finit par sacrifier aux expressions toutes faites. Où pouvait-elle bien se trouver maintenant pour ne pas être en mesure de répondre à mes appels ? Un instant, je tentai d'imaginer Caridad dans les bras d'un autre, mais sans parvenir à en ressentir la moindre jalousie. Pire, j'étais content pour elle. Est-ce à ce stade qu'il faut se résoudre à quitter la femme qu'on aime ?

J'avais reçu un mail du service juridique des éditions Vadel, assorti d'un document PDF en pièce jointe. Il s'agissait du scan d'une assignation en justice formulée par un huissier, lui-même saisi par le cabinet genevois Bonnant Warluzel & Associés. Mon éditeur et moi-même étions accusés de diffamation publique envers une personne publique. Et cette personne publique, c'était Alain Delon, manifestement froissé par le paragraphe de la page 127 de mon livre qui lui était consacré, et plus particulièrement par les termes *narcissisme obtus du bonhomme* et la phrase : *Il a l'air vulgaire et semble davantage sorti d'une caravane de camping que de la villa tropézienne tenant lieu de décor d'un bout à l'autre de ce film factice, ennuyeux et, finalement, pas sensuel du tout.* Étrange comme la vie pouvait, d'une minute à l'autre, vous propulser dans une dimension à laquelle rien ne vous prédestinait. Au-delà de l'orgueil qu'un type aussi anonyme que moi pouvait ressentir à être traîné devant les tribunaux par l'un des symboles les plus durables des Trente Glorieuses tricolores, je n'étais pas dupe. L'étude Bonnant Warluzel & Associés devait avoir une pratique routinière de ce type de démarche et, vulgaire ou non, c'est Delon qui laisserait son nom dans l'histoire de la culture française, pas moi. Tout ceci touchait à des enjeux dont je n'avais certainement pas idée. Je n'aimais ni l'expression ni le fumeux concept auquel celle-ci renvoyait, mais je vivais très certainement là mes *quinze minutes warholiennes de célébrité.* Merci Alain Delon.

Mon portable signala l'arrivée d'un SMS. C'était, avec un peu plus d'avance que prévu, Janka Kučová. *J'ai passé une soirée merveilleuse,* m'écrivait-elle. *Mais je n'arrive pas à m'endormir. Cela vous dérangerait-il de venir me rejoindre discuter un peu dans ma chambre ? C'est la 522.*

Bon. D'abord, ne pas se précipiter pour répondre, c'est la base. Je réduisis la luminosité de ma chambre et allumai la télévision où, deux minutes durant, je zappai sans discontinuer d'une chaîne à l'autre, sans fixer mon attention sur aucune d'entre elles. Puis je me rendis à la salle de bains où je me branlai légèrement afin de redonner une apparence acceptable à mon sexe qui s'était considérablement rétracté sous l'effet de la nervosité. Peine perdue, il se contracterait de nouveau dès la culotte de Janka Kučová ôtée par mes soins. Je me brossai les dents puis allai prendre un kiwi dans la corbeille de fruits offerte par la direction de l'hôtel. Je le croquai après l'avoir grossièrement pelé afin de faire disparaître le goût mentholé du dentifrice dans ma bouche. Un sang glacé courait dans mes veines lorsque je pris mon téléphone portable pour répondre, quelque trois ou quatre minutes plus tard : *Non, descendez, vous. Chambre 327.*

Dans *Trois hommes et un couffin* (1985), de la réalisatrice Coline Serreau, André Dussollier joue le rôle d'un steward de compagnie aérienne. Collectionnant les conquêtes féminines, il partage avec Michel Boujenah et Roland Giraud un grand appartement à Paris. Comme l'indique le titre du film, les trois potes célibataires finissent un beau jour par se retrouver en charge d'un nouveau-né qui va, petit à petit, devenir l'enjeu principal de leur existence. Je n'ai rien retenu de ce film qu'une seule réplique. C'est André Dussollier qui dit à un moment donné, je cite de mémoire : « Et puis il y en a marre de ces nanas qui ont toutes le même cul. »

J'étais encore puceau en 1985. Mais cette phrase m'avait marqué parce que je me disais alors d'André Dussollier qu'il en avait, de la chance, de pouvoir ainsi se sentir lassé de ce dont, moi, je rêvais plus que tout au monde : des *nanas*. Près de trente ans plus tard, je n'avais pas changé d'avis. Mieux encore, j'avais désormais la certitude qu'André Dussollier ne devait pas tant aimer ni avoir bien observé les femmes que cela, s'il jugeait qu'elles avaient toutes le même cul.

Pour sa part, Janka Kučová possédait une jolie chatte épilée en un petit triangle clair et désépaissi que je me retrouvai rapidement à siroter avec gourmandise tout en me branlant contre le couvre-lit pour parvenir plus rapidement à une érection suffisante. Peu importe qu'elle eût les jambes un peu courtes et les fesses insuffisamment rondes à mon goût, elle était jeune, fraîche, elle sentait bon et j'étais de toute façon trop excité pour me laisser déconcentrer par des détails. À en juger par la stupéfaction pétrifiée de tout son corps sous mes coups de langue, par ses halètements paniqués et sa mouille généreuse, les garçons d'Europe de l'Est ne devaient pas beaucoup pratiquer le cunnilingus. Comme la nature est bien faite et que les rôles de chacun se définissent tout seuls, Janka Kučová avait immédiatement compris qu'elle n'aurait qu'à se laisser faire, c'est moi qui prendrais les choses en main.

Cela faisait peut-être cinq minutes que je la léchais, débordant volontiers vers son pli interfessier et son anus aussi resserré que le pédoncule inférieur d'une pomme. Suintante d'une mouille baveuse et salée, elle gémissait et commençait à se tortiller d'impatience sur le drap. Elle était mûre pour la pénétration mais je sentais que, autant par inexpérience que par timidité, elle n'osait pas m'ordonner d'entrer. Une fois ma queue suffisamment valide pour que j'y enfile un préservatif, je m'introduisis. *Et une de plus*, pensai-je aussitôt avec une satisfaction d'usurier. Je devais en être à, quoi ? Soixante-trois ? Soixante-quatre ? Je constatai en passant que son vagin était placé un tout petit peu plus bas que celui de la moyenne des femmes, contraignant mon sexe à adopter un angle d'inclinaison plus ouvert assez malcommode. J'aimais en revanche cet instant où, une fois calé dans le con de la fille, mon cerveau apaisé de ses appréhensions libérait pour de bon toutes mes initiatives. Alors mon sang se faisait de nouveau amical dans mes veines, les battements de mon cœur s'apprêtaient pour une course de fond, ma queue devenait aussi dure que du métal et je me transformais aussitôt en un être beaucoup plus déterminé, convaincu et fiable que dans la vie normale. Je n'avais plus à me mettre en quête de rien ni à faire semblant de rien auprès de quiconque, tout était limpide et tout faisait sens, j'étais parvenu au point de convergence de tous mes intérêts, j'étais entier, j'étais moi-même, mon existence trouvait enfin sa justification. Ce que des danseurs professionnels avaient la facilité d'exprimer avec un tango ou une salsa, je le réalisais, moi, dans un lit. Je suis heureux pour elle, pensai-je tout en alternant baisers et caresses décidés. Vraiment heureux. Avec moi, elle est bien tombée, elle a de la chance. Après un premier round test, je m'interrompis pour me dresser sur mes genoux. Puis, saisissant de mes mains chacune des chevilles de Janka Kučová, je lui soulevai d'un même mouvement les jambes jusqu'à mes épaules et repris ma tâche en accélérant la cadence. Jusqu'à ce qu'un type comme moi lui fasse l'amour avec bonheur, poursuivis-je pour moi-même, une femme peut passer une vie entière en ignorant que cela existe. Pas de fausse modestie : les filles les plus désinhibées trouvaient chez moi un alter ego stimulant et je révélais à elles-mêmes les plus réticentes.

Sous mes yeux, j'avais ses gros seins qui, comme deux bombes à eau, s'étalaient rien que pour moi de part et d'autre de son buste. C'est uniquement par crainte d'une fausse note que je m'abstins de lui dire merci. Pourtant, tous mes gestes ne cherchaient à lui signifier qu'une seule chose : pour étrangers que nous étions l'un à l'autre, il n'y aurait que nous au monde au cours des heures qui suivraient. Qu'importaient nos amours et nos amants du passé, qu'importaient les véritables enjeux de nos vies respectives en dehors de ce lit, nous n'aurions que nous deux pour tout réel et pour tout horizon jusqu'au matin.

Janka Kučová, trop aux prises avec son propre plaisir, ne prenait pas le temps de répondre à mes sourires. À chaque nouvelle fournée de ma bite, elle en oubliait son anglais, ouvrant de grands yeux effarés tout en laissant échapper des bribes de sa langue maternelle. Au bout de quelques minutes de ce va-et-vient sauvage, je me rallongeai tout contre elle et m'enfonçai doucement jusqu'à la garde. Au fur et à mesure que je la creusais dans un mouvement de faible amplitude à la fois lent et très régulier, je la sentais se raidir. Encore moins d'une minute à ce rythme et elle allait jouir, c'est certain.

Elle prit cela pour une subite envie de pisser. Alors que je la sentais tout entière se contracter autour de mon sexe et que ses gémissements se transformaient en des suffocations de plus en plus saccadées et atones, elle se dégagea brusquement de mon étreinte en me poussant puis en roulant de côté, prétextant une envie d'aller faire pipi. *I can't hold it anymore !* Mais au lieu de se lever et de se rendre à la salle de bains, elle resta prostrée de longues secondes à l'autre bout du lit king size, parcourue de soubresauts des pieds aux épaules, de toute évidence dépassée par ce qui lui arrivait.

« On ne m'a jamais fait l'amour comme ça », finit-elle par murmurer en fixant le plafond tandis que, sur la table de nuit, le nom de Caridad était de nouveau en train de s'afficher sur mon téléphone portable dont j'avais pris soin de désactiver tous les sons. Le sexe toujours rigide, je rampai vers Janka Kučová afin, comme disent les anglophones, de *tuer deux oiseaux d'une même pierre*. Tout en posant sur sa tempe une main qui se voulait compréhensive, j'en profitai de l'autre pour éteindre complètement mon téléphone.

On recommença. Elle ne jouissait pas à tous les coups mais, fascinée comme un enfant par ses nouveaux pouvoirs, elle les expérimentait avec un esprit de découverte et une bonne volonté jubilatoires. Maître du jeu, détendu dans une parfaite allégresse, je ne débandais pas. J'en profitai pour lui montrer avec précision comment j'aimais qu'on me suce, on variait les positions. Je finis même par ôter définitivement mon préservatif sans subir de sa part la moindre protestation. On parlait et on riait, on ahanait ensemble sans complexes, l'atmosphère était on ne peut plus charmante. Je parvins même à la convaincre de se laisser enculer un petit peu. Ce sont là les meilleurs moments, pensai-je. Le pur sexe de plaisir et le pur partage des tout débuts, sans arrière-pensées. C'est plus tard que les choses se gâtent, lorsque les filles commencent à penser couple, mariage, bébé et confort matériel. Lorsqu'il vous faudra mentir pour sauver les derniers grammes de bon temps.

« J'aime ta façon de me regarder pendant qu'on fait l'amour », me dit-elle. Aïe. Cette phrase-là aussi, je ne l'avais que trop entendue. C'est avec l'expérience que j'avais fini par en saisir tout le sens et le fondement. Elle signifiait que ce n'est pas parce que je savais m'y prendre avec elles que les femmes aimaient ma façon de les toucher. C'est tout simplement parce que je ne les quittais pas des yeux pendant l'amour. Mieux que leur susurrer des *Je t'aime* à tout bout de champ, je les regardais comme un type en pleine métamorphose sentimentale, qui n'ose pas se déclarer mais le pense très fort. Une armure en papier, une sorte de fragilité qui ne demande qu'à être réparée : les femmes adorent cela chez un homme. Et ce qu'elles se plaisaient à prendre chez moi pour une renaissance et qui décuplait leur désir et leur plaisir ne cachait en réalité rien d'autre que ma capacité à rendre gloire à l'instant. *Carpe diem*, point final.

Il était plus de deux heures du matin, j'ouvris le minibar. À l'intérieur, il y avait une bouteille de 50 cl de Moët & Chandon que je débouchai aussitôt. Janka Kučová, elle, déchira sans complexes un sachet de rochers Ferrero et un autre de M&M's qu'elle entama simultanément. Jouir lui avait donné faim. *Via* le room service de nuit, nous passâmes une commande de vin, de club sandwiches et de salades de fruits frais pour 63 euros. Nous prîmes notre collation nus sur le ventre l'un contre l'autre en regardant des clips musicaux à la télé, nous refîmes l'amour puis elle s'endormit dans mes bras. J'ai ce talent de les mettre à l'aise, pensai-je tout en continuant à lui caresser les cheveux malgré ses paupières closes et son très léger ronflement. Avec moi, elles croient être enfin tombées sur *le bon*. Sur Trace TV, un rappeur dansait dans un faubourg de Los Angeles tout en entraînant dans son sillage une foule de jeunes femmes vêtues de shorties et de soutiens-gorge fluo. Faudrait-il m'en empêcher, faudrait-il priver les femmes de mes bienfaits provisoires au prétexte que tout cela ne débouchera sur rien ?

Comme à chaque nouvelle rencontre, mon sommeil fut agité et trop court. Je me levai. Impossible de déterminer l'heure qu'il était, il faisait nuit noire dehors. Janka Kučová dormait profondément. J'en profitai pour rallumer mon téléphone et envoyai un message à Caridad : *Trop peu et mal dormi. J'ai vu que tu avais essayé de me téléphoner hier soir. Je m'étais couché. Appelons-nous dès que possible. Je pense à toi.* Qui pouvait m'imaginer dans les bras d'une autre avec un texto pareil ?

Le ciel s'entrouvrait à peine lorsque, percevant du mouvement du côté de Janka Kučová, je la rejoignis sous la couette et l'entourai de mes bras avec une tendresse exagérée. Démaquillée par nos ébats, elle révélait une peau du visage d'assez mauvaise qualité. Elle vieillirait vite. Même si l'on a toutes les raisons du monde de vouloir se retrouver seul au petit matin, pensai-je, il convient de rester gentleman. C'est pourtant à ce moment-là qu'il faudrait clarifier les choses : *Merci pour ce chouette moment, c'était bien, je te souhaite une bonne vie, ciao.* Comme ça, pas d'embrouilles, tu es libre. Au pire, tu passes pour un salaud ordinaire.

Trop lâche ou trop paresseux pour cela, je resservis à la place regards énamourés et sourires à Janka Kučová. Puisque je donnais le ton, elle répliqua naturellement sur le même mode. Les filles, elles, n'hésitent pas : l'amour, elles ne demandent pas mieux. Ça y est, j'avais déjà un pied complet dans l'engrenage. Nous fîmes l'amour. Nous le refîmes dans la baignoire un peu plus tard, tandis que je la savonnais de la tête aux pieds en insistant avec délicatesse dans sa raie du cul. Notre intimité croissait à vue d'œil. Au point que, tout nu devant elle, avec mes coudes saillants aussi disgracieux qu'un pied de vigne en hiver, je ne cherchais même plus à bander mes triceps flageolants ou à me recoiffer en douce pour avoir l'air plus présentable et moins vieux.

« Ne bouge surtout pas. » Je me retournai. Après la douche, tandis que j'étais en train de me sécher devant la fenêtre de la chambre à travers laquelle filtrait un samedi pâlot, Janka Kučová me braquait à travers le viseur de son smartphone. « Ne bouge pas, je t'ai dit. Retourne-toi et reprends exactement la position que tu avais tout à l'heure, s'il te plaît. » On se serait cru dans un film de Godard. Plutôt que de lui obéir, je brandis ma bite et la tendis façon gros con vers l'objectif. Heureusement, après toute une nuit de baise, toute gonflée d'avoir limé pendant des heures, ma verge gardait des proportions très enviables pour une photo. Janka Kučová éclata de rire et pressa sur l'écran de son téléphone. Un petit flash en jaillit.

« Tu es beau. »

Nous passâmes le reste de la journée comme de vrais amoureux. Après un brunch tardif pris au lit pour 2 000 roubles de room-service, nous allâmes faire un tour sur la perspective Nevski, où j'achetai à Janka Kučová une crème hydratante de marque Clinique à 2 700 roubles, une coque fantaisie pour son smartphone à 1 900 roubles ainsi qu'une nuisette La Perla noire à 6 500 roubles. Ma carte Visa m'ayant rendu encore plus désirable à ses yeux, elle passa l'heure suivante pendue à mon bras avec ses petits paquets, à me répéter qu'elle mourait d'envie de rentrer à l'hôtel faire l'amour avec moi. Ce qui ne l'empêcha pas de prendre le temps de me traîner dans une demi-douzaine de boutiques supplémentaires où je laissai près de 1 500 roubles de menus achats : baume pour les lèvres, crayon de maquillage, lot de leggings et cache-oreilles rose. Pendant ce temps-là, je pensais à Alain Delon. Pouvait-on vraiment intenter un procès pour si peu de chose ? Qui allait prendre en charge les frais d'avocat ? Mon éditeur tout seul ? Allait-il me proposer de partager ?

Nous finîmes par rentrer à l'hôtel, où Janka Kučová me confirma avec espièglerie qu'elle tenait *par principe* à conserver sa propre chambre, ce qu'à contrecœur je dus signaler au réceptionniste, lequel enregistra immédiatement l'information dans son logiciel de gestion de réservations. *Very well, sir.* En passant devant l'entrée du spa, elle eut envie d'y retourner. Cette fois, nous nous accouplâmes dans le hammam. Mais se rendant à l'évidence que le frottement de ses fesses et de sa colonne vertébrale contre le granit brut s'avérait plus douloureux qu'érotique, elle dut rapidement me demander de me retirer. Après le massage, je signai la note et nous montâmes enfin dans ma chambre. À vingt heures passées, douchés et vêtus, nous prîmes l'ascenseur. Janka Kučová tenait absolument à *sortir.* Sans lui faire ressentir que je n'en avais quant à moi aucune envie, que rester dans ma chambre à faire l'amour et regarder la télé m'eût bien mieux convenu, je me montrai exemplairement enthousiaste jusqu'au restaurant japonais qu'elle avait repéré sur internet et qui, apéritif et vin compris, m'en coûta près de 120 euros d'addition. J'accusai en revanche une première hésitation lorsqu'elle me proposa une promenade digestive le long du canal Griboïedova. Même l'excitation de perdre un peu de temps avec une fille que j'allais de toute façon plus tard reprendre dans toutes les positions imaginables dans ma chambre d'hôtel ne compensait pas la température extérieure intolérable. Aussi acceptai-je sans difficulté, au terme de quarante-cinq bonnes minutes de congélation progressive de toutes les extrémités de mon corps, de me réfugier avec elle dans un bar. Nous y restâmes une heure supplémentaire à enchaîner les Heineken sans pouvoir véritablement communiquer à cause du volume hégémonique de la musique. Là encore, je n'avais plus l'âge.

Vers une heure du matin, je pensais mon chemin de croix enfin terminé dans le taxi qui nous ramenait à l'hôtel. Mais c'était compter sans la boîte de nuit attenante, le *Kapriz*, dans laquelle Janka Kučová me supplia qu'on fasse une dernière halte. *Just one song and we go, I swear to God.* Hormis quelques types de mon âge en costume trônant au milieu de petits groupes et correspondant en tout point à l'image qu'on peut se faire d'un homme d'affaires russe véreux de troisième classe, sale gueule, smartphone à cadran géant et bouteilles de vodka posés en évidence sur la table basse, tout le monde avait *vraiment* vingt-six ans là-dedans. Nous débarquions sur *Scream and Shout*, de will.i.am et Britney Spears. Ayant suffisamment bu au bar de Griboïedova, nous allâmes directement sur la piste. Parmi toute cette jeunesse, je me faisais l'effet de, mettons, une minuscule tache de moisi surnageant à la surface d'un pot de fromage blanc frais. Mais cela ne paraissait pas déranger Janka Kučová, qui, agréablement surprise de me voir bouger sans trop de raideur, me gratifiait régulièrement de larges sourires prometteurs. Je ne pus m'empêcher de penser aux quelques lignes que j'avais consacrées dans mon livre au rapport que les Français entretenaient avec la danse (hors night-clubs) :

Dans le monde occidental, notais-je page 103, *il n'y a qu'en France où l'autochtone blanc se sente à ce point obligé de tourner en dérision l'acte de danser pour trouver le courage de se lancer sur la piste. Dans les couches populaires, où l'on s'y met plus volontiers surtout afin de faire rire les copains ou la famille, danser devient le plus souvent synonyme de mimes et de grimaces exécutés plus ou moins en rythme. Plus on grimpe dans l'échelle sociale, plus on cherche à maquiller son embarras en se fondant dans la masse. Cigarette ou verre à la main afin de rendre inopérante une partie du corps et ainsi d'en limiter les risques d'effusions, on accepte d'« y aller » uniquement pour ne pas passer pour coincé, mais tout en cherchant aussitôt à ne pas se faire remarquer, là où, au sein des communautés d'origines caribéennes ou africaines, chacun passe à tour de rôle au centre du cercle pour proposer une figure personnelle. Dans tous les cas, il est question de ne surtout pas « se lâcher », ou bien d'y consentir soit dans l'excès d'alcool, soit en entraînant avec vous un enfant pour faire diversion, soit en montrant bien aux autres qu'on ne prend pas cela au sérieux. Une illustration de l'immémoriale tradition française de la valorisation à outrance de l'esprit sur le corps, que l'on retrouve aussi bien dans les habitudes vestimentaires (très peu d'Hexagonaux osent porter des couleurs vives, le sombre connotant davantage la distance et la réflexion) qu'au cinéma (les acteurs français sont réputés ne jouer qu'« avec la tête »), que dans l'incapacité des gens à s'exprimer en public, héritage d'une scolarité où l'on ne met à peu près jamais l'enfant ni l'adolescent en position de s'exprimer seul face à ses camarades.*

Le DJ passait maintenant *Can't Get You Out of My Head*, ce tube de Kylie Minogue toujours aussi efficace plus de dix ans après sa sortie. Cela me rappelait vaguement des vacances au bord de la mer l'été, en Sardaigne ou à Malte, quelque chose comme ça. Je ne sais plus trop de qui je pouvais être amoureux alors, mais c'était le genre de morceau qui vous donnait envie soit de tenter l'impossible pour la fille que vous aviez en tête à ce moment-là, soit de tomber éperdument amoureux d'une inconnue. Je voulais tant être à nouveau jeune pour que me soit destinée aussi cette machine à exalter instantanément tous les sens, et non pas être là à chercher dans mon rétroviseur sensoriel la femme à laquelle elle pouvait bien me renvoyer. C'est la musique en soi qui fait mal de toute façon, pensai-je, pas la fille à laquelle ta mémoire la rattache. Je regardais le visage de Janka Kučová se métamorphoser au gré des variations de lumière du dance-floor. Désormais, cette chanson, comme Moscou, comme Saint-Pétersbourg, ce sera elle, pensai-je. Même si elle n'y est pour rien, même si elle ne le méritera jamais tout à fait. L'amour est une relation exclusive entre la musique et soi-même mais qui passe par une femme, me dis-je en pensant vaguement à noter cela quelque part.

Nous quittâmes le *Kapriz* à trois heures du matin. Se plaignant de sa chatte irritée par nos excès de la nuit précédente, Janka Kučová s'excusa de n'être en mesure de faire l'amour avec moi et s'endormit presque instantanément, sans même avoir pris la peine de se brosser les dents. *Quatre-vingt-quinze fois sur cent, la femme s'emmerde en baisant*, chante Brassens. Elle ne s'en doutait pas encore, mais c'est sans doute ici que s'achevait notre idylle. Mon téléphone affichait huit appels en absence de Caridad. *Mais qu'est-ce que tu fabriques ?* avait-elle fini par m'écrire par SMS, excédée. Pourquoi la vie ne s'accordait-elle pas plus simplement aux désirs particuliers des uns et des autres ? Je m'endormis à mon tour.

Le lendemain matin, je me levai et me rendis directement à la salle de bains pour y prendre ma douche, abandonnant sans un baiser ni une caresse Janka Kučová à son sommeil de plomb. Lorsqu'elle se réveilla enfin, j'étais entièrement habillé et ma valise était prête. « Mon avion décolle à treize heures, mentis-je en affectant une expression d'impuissance. Je dois y aller. »

« Pourquoi ne m'as-tu pas réveillée ? » Prise de court, elle se redressa dans le lit tout en se couvrant pudiquement les seins du drap, ne sachant trop si c'est à moi ou à elle-même qu'elle devait reprocher une telle précipitation des événements. Suis-je au fond un vrai sadique, m'interrogeai-je, ou tout simplement un type qui s'autorise à élargir les règles du jeu pour défendre sa liberté ? Pour me faire pardonner, je déposai sur la tablette de chevet l'équivalent en roubles de 50 euros en m'appliquant pour ne pas lui donner le sentiment que je la prenais pour une pute. « C'est pour ton petit déjeuner et tes petites dépenses jusqu'à ton train de cet après-midi. »

Pour achever de l'égarer tout à fait, je me penchai et la pris dans mes bras avec passion, comme si je partais pour le front. Dans un premier temps, Janka Kučová resta molle et pensive sous mon étreinte, comme si elle-même était en train de se demander à quelle espèce de monstre elle avait affaire. Puis, comme on a, dans ce domaine, toujours davantage intérêt à croire au père Noël, elle releva ses bras et m'agrippa le dos à son tour comme une possédée :

« On se revoit quand ? »

4

« Tu m'appelleras en arrivant ? »

« Bien sûr. »

Je pris Caridad dans mes bras en serrant fort et longtemps pour lui faire plaisir. Puis j'empoignai ma valise et rejoignis la file des voyageurs en attente pour le passage des bagages de cabine aux rayons X. Je me retournai. Caridad n'avait pas bougé. En me voyant, elle agita de nouveau la main dans ma direction. Sa persévérance m'émouvait autant qu'elle me mortifiait. Vivement la zone de transit, pensai-je. Les espaces juridiquement flous, ça me va comme un gant.

Elle allait regagner les austères sous-sols de Roissy pour y récupérer sa vieille Yaris, emprunterait l'autoroute pour Paris et se cognerait les embouteillages du périphérique avant le lycée tandis que je m'apprêtais, moi, à m'envoler pour le Nouveau Monde afin d'y donner une conférence sur les petitesses de la France. En permutant les rôles, l'image aurait été plus pertinente. Les choses étaient donc si mal faites que cela dans ce monde ? Ou bien les types injustement chanceux de mon espèce ne perdaient-ils rien pour attendre ?

Dans la salle d'embarquement, je consultai mes e-mails. *Nous nous réjouissons de vous accueillir parmi nous*, m'écrivait Lysette M. Thibodeaux dans un message intitulé « Dernière minute ». *Je vous confirme que c'est bien au Memorial Union Building qu'une chambre universitaire vous a été réservée. La résidence se situe en plein cœur du campus, à quelques dizaines de yards à peine du bâtiment de notre département. P.-S. : Nous avons appris par internet qu'Alain Delon intente un procès contre votre livre. L'information a déjà fait le tour de la plupart des conférenciers invités, ainsi que du public. Préparez-vous donc à ce que les étudiants vous interrogent aussi là-dessus.*

C'était bien aux États-Unis que je me rendais, au pays du droit, de l'information, et du droit à l'information. Cela ne me gênait nullement, moi, cette conception toute anglo-saxonne de la *transparence*, si mal comprise par les Français. Les comptes que les étudiants sont en droit de demander à leurs professeurs, comme les journalistes aux hommes politiques. Tiens, regrettai-je, j'aurais dû développer quelques remarques sur ce point dans mon livre. Toujours afin de démontrer la même chose, d'ailleurs : l'immaturité gueularde du Français. *Les manipulations à la plus grande échelle qui soit ne sont ni médiatiques ni politiques*, avais-je pourtant écrit quelque part dans le bouquin, *elles sont culturelles. Et s'avèrent d'autant plus efficaces que les manipulateurs ne s'en rendent pas compte puisqu'il s'agit de nous-mêmes.* À ce titre, ce sacro-saint *respect de la vie privée* qui nous servait tant à prendre les Américains pour des imbéciles bornés ne me paraissait pas moins rétrograde que le gavage des oies ou les barrages filtrants de routiers en colère contre la concurrence européenne.

Mon téléphone tinta. Encore un SMS de Janka Kučová : *Tu es déjà à l'aéroport ?*

Oui, répondis-je, volontairement lapidaire.

C'est elle qui t'a accompagné ?

Je restai un instant interdit devant le message. Hein ? Mais pour qui se prenait-elle, cette conne ? Pour bobonne ? Où se croyait-elle ? Dans quelle scène de quel épisode de quelle conne de série B ?

Oui.

Je t'embête, là, n'est-ce pas ? I'm bugging you by asking, am I ?

Elle avait ajouté un smiley, la salope.

Je ne saurais dire ce qui me faisait le plus enrager : l'hystérie froide de Janka Kučová rendue palpable par des codes typographiques enfantins, ou bien d'avoir à payer à ce prix de m'être tapé une fille de vingt ans de moins que moi.

Oui.

Un silence visuel s'ensuivit, au cours duquel cette pute devait attendre de ma part un complément de réponse, voire une excuse.

Tu es sérieux ? envoya-t-elle au bout de deux bonnes minutes.

Oui.

Connard de Français, va. You French asshole.
Je sais, tu me l'as déjà dit.

Pour amortir la charge agressive de mon impassibilité, j'avais terminé par un smiley moi aussi. Mon téléphone sonna aussitôt : c'était elle. Compte tenu du prix des appels hors forfait depuis Moscou, son initiative relevait de la mesure d'urgence. Comme je n'avais plus l'âge de me justifier, je ne décrochai pas. Une autre bonne minute passa ensuite sans réaction de Janka Kučová. Puis je reçus un nouveau texto : *Va sur Facebook.* Sur Facebook, elle m'avait simplement ajouté un lien en précisant ceci : *Timecode 5 : 19. Bon visionnage.*

Le lien renvoyait à cette vidéo restée célèbre d'une chanson du groupe Aerosmith intitulée *Cryin'* (1993). Sous forme de *road movie*, on y suivait les déboires amoureux d'une jeune femme au romantisme rebelle incarnée par Alicia Silverstone, une comédienne alors à la mode et complètement disparue des écrans depuis, la fraîcheur sauvage de ses dix-huit ans n'ayant pas résisté au passage à l'âge adulte. 5 minutes et 19 secondes, c'était la fin du clip. Seule dans sa chemise à carreaux, le cœur brisé par un irresponsable, Alicia Silverstone est debout sur le parapet d'un pont, face à la caméra. Dans son dos, en bas, des voitures défilent à toute vitesse sur une autoroute. Elle va mourir. Au moment où elle s'apprête à se jeter dans le vide, le type apparaît et s'excuse. Peine perdue, Alicia se laisse basculer. Contre-plongée au ralenti du saut de l'ange inversé d'Alicia, suicidée parce que trop pure pour ce monde trop plein de sentiments en toc. Le type se précipite pour assister impuissant à la fin tragique de cette fille qu'il réalise trop tard avoir aimée. Mais Alicia ne meurt pas. Taquine, elle s'est attaché un élastique autour de la taille et sa chute s'interrompt à quelques mètres au-dessus de l'autoroute. Elle se marre même, Alicia, en se balançant interminablement au bout de son fil. Mieux, à 5 : 19 très précisément, elle brandit un doigt d'honneur magistral en direction de ce pauvre type penché là-haut et qui a trouvé plus fort que son égoïsme : la liberté d'Alicia.

Dans un timing impeccable, je reçus un nouveau SMS : *Tu te doutes bien que ce n'est pas pour la qualité de cette chanson aussi datée et ringarde que toi que je te l'ai envoyée.*

Pouvait-on parler de sincérité blessée lorsqu'on recourait ainsi aux coups bas ? *That song as old and corny as yourself.* D'égarement passager ? Un second bloc de texte apparut sur mon écran. Il y avait une suite au message de Janka Kučová.

Au fait, je l'ai trouvée sur Facebook, ta copine. Caridad Alexandra Bruguera, c'est ça ? J'ai vu ses photos et, sans vouloir être méchante, je comprends que tu aies bandé aussi longtemps avec moi. Je m'arrête, on m'a appris à ne pas manquer de respect aux personnes âgées. Dasvidanya connard.

C'était cela, l'Amérique : des corridors sans fin d'aéroports secondaires entretenus à fortes doses de détergents aromatisés à la canneberge. De nuit, avec ces types en costumes trop larges qui sortaient de l'avion comme du métro, je trouvais que ça ne manquait pas d'un certain charme. Je ne vis rien de la ville de Cedar Rapids que l'Interstate 380 qui menait à Iowa City, uniquement éclairée par les phares du chauffeur de mon taxi. Lequel, originaire de Pittsburgh, en Pennsylvanie, m'apprit que sa ville natale était celle qui comptait le plus de ponts au monde, soit 446 au total. « Trois de plus qu'à Venise », m'annonça-t-il fièrement tout en vérifiant ma réaction dans son rétroviseur.

Après une course d'une vingtaine de kilomètres, il me déposa à l'entrée du Memorial Union Building du campus de l'université d'Iowa. Il faisait un froid arctique mais la nuit était claire. Au tarif préférentiel de 50 dollars la nuit, Lysette M. Thibodeaux m'avait obtenu une chambre dans la partie réservée aux conférenciers et autres participants aux programmes d'écriture du département *World Languages, Literatures and Cultures* de la fac. Avec son climatiseur aussi imposant qu'une armoire, sa baignoire basse, sa moquette épaisse, son dispositif anti-incendie à diode lumineuse fixé bien en évidence au milieu du plafond et son fond d'odeur de bouffe, ma chambre était, là encore, un petit concentré de la première puissance économique et culturelle du monde. Après plus de quinze heures de voyage et près de vingt-quatre sans sommeil, la tête me tournait, je commençais à perdre l'équilibre. Je m'allongeai et m'endormis presque aussitôt avec la conscience que, dans le sens d'un décalage horaire est-ouest, c'est toujours la deuxième nuit qui est blanche.

Le lendemain matin, je me levai pour aller regarder l'Amérique par la fenêtre. À travers le verre, je voyais un immense ciel bleu ainsi que quelques bâtiments massifs, solennels et propres émergeant d'arbres en bonne santé et aux branches nues recouvertes de givre. Il faisait plutôt bon dans ma chambre. Mais, en m'approchant, je pouvais éprouver la sensation du filet de froid glacé qui circulait au ras de la vitre.

Il faut venir aux États-Unis pour découvrir que le frisbee est un sport sérieux. Et y apprendre par la même occasion que le nom officiel de cette discipline n'est pas *Frisbee* mais *Ultimate*, du moins si je m'en référais à l'inscription *UI LynxEyes Ultimate Team* floquée au dos des T-shirts de la vingtaine de filles et de garçons qui s'entraînaient sur la pelouse d'en bas sous les ordres d'un coach de toute évidence latino. Deux équipes mixtes s'affrontaient en s'interdisant tout contact physique. Dans la pratique, cela ressemblait à du basket, le porteur du disque pouvant avoir recours à un pied pivot avant de faire une passe. La zone d'en-but, elle, s'apparentait davantage à celle du football américain. Pour qui ne s'était essayé au lancer de disque qu'à l'occasion de vacances au bord de la mer, la dextérité de ces joueurs était saisissante.

J'allai chercher mon calepin dans mon sac de voyage et y griffonnai ceci : *La fragilité des Américains, c'est qu'ils sont perfectionnés en tout. Comme un organisme trop sain, ils ont fini par désapprendre à composer avec les bactéries.* Je rajoutai aussitôt : *Les Français se comparent perpétuellement aux Américains, mais sans se douter que la réciproque n'existe pas.*

Après mon petit déjeuner, je me couvris et me mis en chemin pour le bâtiment des *langues et cultures du monde* en suivant l'itinéraire sur l'application Google Maps de mon Samsung. Des autobus passaient dont les chauffeurs étaient, tous sans exception, des étudiants. Trowbridge Hall, Halsey Hall, Jesus Hall, McLean Hall, Gilmore Hall, Henry B. Tippie College of Business : le moindre de ces bâtiments aurait fait la pièce maîtresse de ma fac, à Nanterre. La pierre, le marbre, les plantes, les racks à vélos disposés par centaines, la signalétique, les annonces de concert de musique de chambre, les appels à levées de fonds pour les clubs étudiants. Par quelle extraordinaire mauvaise volonté avions-nous pu accumuler un tel retard en France ? Je regardais tous ces jeunes confortablement installés derrière les vitres des bibliothèques. Après les cours, ils iraient faire du sport, de la musique ou du dessin. Ils iraient participer à des œuvres de charité, apprendre une langue rare, le parachutisme ou le butô. Ils iraient s'essayer à la mécanique, à l'horlogerie, au tir à l'arbalète ou à l'apiculture. Et puis, plus tard, il y aurait la fameuse cérémonie de remise des diplômes, le premier job, la réussite, l'argent, le mariage, les gosses, la grosse maison avec jardin parfaitement équipée et les économies déposées dans deux ou trois banques pour la descendance. Parmi ces étudiants, peut-être, l'un deviendrait philanthrope et, vers quatre-vingt-cinq ans, donnerait à son tour son nom à l'un des buildings du campus.

À mon âge, le temps de mes études était loin et plus grand-chose ne pouvait me complexer, pas même l'Amérique. J'avais fait mes choix et mon parcours, et peu importait qu'ils se fussent avérés ambitieux ou non, je n'allais pas mourir plus malheureux qu'un Étatsunien.

Le Phillips Hall se situait en lisière du campus, à côté des premières boutiques du centre-ville d'Iowa City. Au quatrième étage, c'est par une petite porte d'appartement qu'on accédait à la section *Français et Italien*, assurément le parent pauvre de l'ensemble des départements de l'université. Il régnait à l'intérieur une atmosphère de PME sans histoires, avec la pièce pour réunions, et une autre réservée à la photocopieuse et la machine à café. Sur les panneaux d'information accrochés dans les couloirs déserts, on pouvait lire des annonces pour des cours privés de conversation intitulés *Espresso* ou *Bonjour la France !*, ainsi que des promotions de compagnies aériennes à destination de Rome. Ça sentait l'ennui administratif et les passages réguliers des agents d'entretien de la société de nettoyage en fin de journée.

Beaucoup de Canadiens francophones voudraient tant ne pas céder à ce fâcheux travers, ils ne peuvent s'empêcher de manifester vis-à-vis des Français une sorte de déférence naturelle. Ou, tout au moins, un penchant favorable. Bien qu'ayant toutes les apparences du complexe du colonisé, le phénomène renverrait plutôt, je me répète, au syndrome de l'enfant abandonnique. Ainsi, les plus antipathiques ou cons d'entre eux le sont toujours un petit peu moins en présence d'un Français.

Pourtant, Lysette M. Thibodeaux me déplut d'emblée. Elle quittait son bureau lorsque j'arrivai devant sa porte. Une anorexique d'1,55 m en jupe droite et chaussures de montagne vous serrant la main comme un homme. Je l'imaginais bien se réveiller à trois heures du matin pour aller ronger des croûtes de fromage dans sa cuisine. Les jours où elle ne se rendait pas au boulot pour annoter les thèses assommantes de ses étudiants, j'aurais parié qu'elle s'entraînait pour le marathon de New York. Ayant immédiatement flairé en moi le jouisseur dilettante, elle gardait ses distances.

« Il est intéressant, votre livre, dit-elle en passant son manteau. C'est rare de voir des Français se critiquer eux-mêmes comme ça. En général, vous êtes plutôt fiers de vous, hein ? »

Elle accompagna sa remarque d'un petit sourire qui se voulait audacieux. Qu'est-ce qu'un individu aussi ouvertement terre à terre pouvait bien avoir à communiquer à des étudiants ? Je trouvais cela rassurant, au fond, que même les facs américaines puissent recruter des bonnets de nuit.

« Vos remarques sont intéressantes pour la plupart, même si j'ai beaucoup de réserves sur vos passages concernant les Québécois et les Canadiens en général. C'est même très irritant. »

La physionomie du mot *irritant* lui va bien, pensai-je. Sec et râpeux, tout comme elle. Je haussai des épaules impuissantes tandis qu'elle enfilait sur sa tête un bonnet péruvien du plus sinistre effet.

« Votre livre, ils l'ont accepté tout de suite, chez Vadel ? »

Elle avait demandé cela sur un ton très détaché. Mais sa question ne traduisait au fond qu'une chose : elle m'enviait et m'en voulait d'être publié chez un véritable éditeur. Les petites aigreurs professionnelles, pensai-je, cela pousse donc aussi aux USA, terre réputée d'admiration et d'émulation. Directrice d'un département américain de lettres francophones, Lysette M. Thibodeaux avait dû, outre ses diplômes d'enseignement supérieur, produire une liste conséquente de publications personnelles afin d'obtenir ce poste probablement rémunéré aux alentours de 150 000 dollars par an. Sa bibliographie signalait notamment une demi-douzaine d'études sur l'œuvre d'auteurs aussi obscurs qu'Anselme Chiasson, André-Thaddée Bourque, Claude Le

Bouthillier, Sidonie de La Houssaye et Jean-Baptiste Renoyal de Lescouble, toutes publiées aux éditions Ô Sirocco. Les responsables américains de son recrutement ou de sa cooptation, probablement bluffés par le catalogue général de près de quarante mille titres et des plus de deux mille annuellement publiés par Ô Sirocco, n'étaient pas supposés savoir qu'il s'agissait des rois français de la production littéraire à compte d'auteur déguisée. Ni que seuls ceux qui y étaient publiés (généralement des enseignants et des intellectuels de second rang) continuaient à entretenir le doute auprès de leurs interlocuteurs. Et, le cas échéant, à coopter eux-mêmes d'autres auteurs maison pour le type de poste que Lysette M. Thibodeaux occupait. C'est ainsi que l'on entretenait le mythe depuis la création de Ô Sirocco, au début des années 1970.

Nous sortîmes. Marcher dans la rue aux côtés de Lysette M. Thibodeaux réduisait soudain le monde à une ornière grise de labeur et de fadeur, même par un joli soleil d'hiver parmi les pelouses et les arbres. Même dans cette sémillante Amérique universitaire où le décor et les figurants étaient assez semblables à ce que le cinéma pouvait en refléter, mais en plus grand et en plus vide.

Par bonheur, le trajet fut court. Retour au colossal Iowa Memorial Union où, pour les deux journées de colloque francophone organisé par le département de Français, deux salles de conférences avaient été réservées. Devant la plus grande, l'*Illinois Room*, une vingtaine d'hommes et de femmes noirs de peau ou métissés mondanisaient de bon cœur autour de thermos de boisson chaudes et de petits sandwiches au salami garantis sans viande de porc lorsque nous arrivâmes. À l'entrée de la salle, un écran électronique où défilaient les photos et les notices bio-bibliographiques de chacun des intervenants m'apprit qu'il s'agissait en grande majorité d'Haïtiens, de Français antillais et d'Africains, chargés de cours et auteurs (souvent les deux), en poste au sein de départements d'études francophones dans toute l'Amérique du Nord, de Miami à Vancouver. Là encore, la variété des sujets de réflexion le disputait au quasi-anonymat des auteurs étudiés. On avait abordé la motricité recentrée du créole dans l'œuvre scientifique de Dany Bébel-Gisler, l'écho de la maïeutique ancestrale de la cale chez Marie-Sœurette Mathieu, l'inconscient collectif identitaire dans la poésie de Jean Juraver, l'ombre portée du maître chez Joseph Zobel et l'irréversible errance pendulaire de l'Homme selon Abdelhamid Laghouati. Je m'attardai tout particulièrement sur le joli visage d'Églantine-Sissi Ntommoh, née en 1985 à Douala, lectrice à l'université de Montréal et auteure d'une récente thèse plus sobrement intitulée *Érotisme et cosmogonie dans l'œuvre de Jean-Claude Awono*.

Tout ce petit monde était publié chez des éditeurs confidentiels à consonance trop lyrique : Les Mots du marigot, Terre Terranga, Continent-mère. Je notai que pas mal d'entre eux incluaient le mot *vent* ou l'appellation d'un vent chaud célèbre dans leur nom : l'incontournable Ô Sirocco bien sûr, mais aussi Génération Chergui, les éditions Vent de loin, Vent debout. Les Semelles de vent, D'îles en alizés, etc. Bref, je constatais que se vérifiait la rumeur persistante selon laquelle les chercheurs français en littérature et sciences humaines n'étaient plus susceptibles d'intéresser les universités américaines qu'à condition qu'ils soient issus de minorités ethniques ou de genres, peu importe que leurs travaux ne regardassent qu'eux-mêmes. Ce qui, personnellement, me paraissait une moindre injustice en regard de, mettons, soixante-dix ans de promotions monochromes à l'ENA.

C'est d'ailleurs à ce type de prise de position idéologique et à rien d'autre que je devais ma participation à ce colloque. Et, peut-être, à l'obtention prochaine du titre de *visiting professor* à l'université d'Iowa pour le semestre d'automne 2014. Mon point de vue n'était pas nouveau, loin de là : il y avait les Français blancs d'un côté, et les Français non blancs de l'autre. Et tous nos malheurs modernes trouvaient leur explication dans cette incapacité des premiers à prendre une bonne fois pour toutes les seconds au sérieux. Emploi, économie, éducation, rayonnement culturel : dans tous les domaines, nos retards étaient imputables aux crispations des Blancs sur des valeurs laïco-christiano-républicaines qui ne concernaient, là aussi, qu'eux-mêmes.

Ma spécificité tenait simplement au fait que je m'y prenais mieux que les autres pour le démontrer. Mes intuitions étaient meilleures que celles de mes confrères ou des rares journalistes de terrain qui s'y collaient. Par exemple, je n'inscrivais pas dans mes notes :

Haziz a dix-neuf ans. Titulaire d'un CAP de menuiserie, il est l'aîné d'une famille de quatre enfants. Son père est au chômage et sa mère fait des ménages dans la cité. Il aime le rap, le foot, les jeux vidéo et sortir avec ses copains le week-end. Avec un cousin, il s'est rendu pour la première fois au village de ses parents en août dernier, au Maroc. Il dit que le bled, ce n'est pas trop son truc, qu'il préférerait plutôt obtenir un job en France et revenir pour les vacances avec sa femme et ses enfants, une fois que ses revenus lui permettront de se marier et de fonder une famille. Mais que, même titulaire de son CAP, il n'en trouve pas facilement, du travail. Il avoue ne pas hésiter à l'occasion à vendre un peu de cannabis pour s'acheter ses vêtements, aller en boîte et arrondir les fins de mois de sa mère. Il déclare qu'il n'hésitera pas à tomber « de l'autre côté » si le marché de l'emploi ne s'arrange pas dans les deux, trois ans à venir, voire avant la fin de cette année : « Est-ce que j'ai le choix ? »

Mais plutôt :

Haziz a dix-neuf ans. Les vingt mots d'arabe dialectal marocain qu'il connaît, il les place à tout bout de champ dans la conversation pour faire croire qu'il le parle couramment. Lorsque vous lui en faites la remarque, il se vexe, et puis finit par rigoler. À la télé, il a entendu un humoriste insinuer que le roi Mohammed VI était homosexuel. Ça lui a donné la rage. « Ce qui me dégoûte avec vous, me dit-il [par

« vous », il désigne tous les Français de souche], *c'est que vous ne respectez rien. Sous prétexte que ça passe à la télé, que ce genre de propos sur vos hommes politiques à vous n'est pas interdit par vos lois et que tout le monde applaudit sur le plateau de l'émission, vous allez nous dire que c'est nous qui sommes paranos et qu'il faut s'adapter. Comment tu veux que je me sente français si on ne me respecte pas ? Français, je m'en bats les couilles, ça veut rien dire pour moi. Je suis né en France, et alors ? Les Français, j'aime pas leur accent, j'aime pas leur musique, j'aime pas leur façon de s'habiller. Mais à la limite, je m'en fous, on n'est pas obligé de s'aimer les uns les autres et d'avoir les mêmes délires. Chacun ses délires, j'ai aucun problème avec ça. La seule chose que je demande, c'est qu'on nous respecte. On vous respecte, vous nous respectez. Point barre.* »

Le message avait beau être clair, on finissait toujours par vous brandir l'argument non négociable des libertés fondatrices de notre système et de notre culture, un peu comme les Américains et le Deuxième amendement de leur Constitution sur le port d'arme. À ce titre, l'enquête que j'avais menée puis publiée en 2012 sur les loisirs, les liens familiaux, les habitudes alimentaires, la politesse, le respect et l'humour chez les Français de dix-huit à vingt-cinq ans issus des départements d'outre-mer ou de l'émigration n'avait, malgré les données précieuses qu'on aurait pu en retirer, rencontré d'écho que dans *Jeune Afrique l'Intelligent* ainsi que dans une ou deux revues spécialisées. Elle m'avait également valu un coup de fil de Louis-Georges Tin, le président du Conseil représentatif des associations noires de France. Les rares entrefilets de la presse grand public à son sujet n'avaient, eux, voulu en retenir qu'une seule chose : la question que j'avais systématiquement posée à chacun de ces jeunes que j'avais interrogés : *Comment percevez-vous les Blancs ?*

Si l'on cherchait à creuser davantage le fossé social et racial qui existe dans ce pays, avait notamment écrit Bernard-Henri Lévy dans son fameux « Bloc-notes » du journal *Le Point*, *on ne s'y serait pas pris autrement. Drôle d'approche sociologique, et surtout prétendument raisonnée, que cette pyromanie qui ne s'ignore peut-être pas tant que cela.*

Régnant au milieu de ses invités et de sa poignée d'étudiants présents, Lysette M. Thibodeaux était comme un petit pot de géraniums qu'on aurait rafraîchi d'une bonne mesure d'eau claire après avoir sauté quelques arrosages. Dix heures : elle tapa brièvement dans ses mains pour inviter tout le monde à gagner la salle *Illinois* pour son mot de bienvenue avant la conférence inaugurale, un hommage au poète cadien Jean Arceneaux, lequel avait fait le déplacement en personne depuis La Nouvelle-Orléans afin d'assister à l'événement.

Parmi l'assemblée, j'avais rapidement repéré Églantine-Sissi Ntommoh, qui, en plus d'être ravissante, s'avérait posséder un cul d'une rondeur hallucinatoire. Aussi m'arrangeai-je pour me retrouver en même temps qu'elle devant l'entrée de la salle. Les colloques loin de chez soi, pensai-je, c'est comme les clubs de vacances : tout le monde sait très bien que c'est fait pour baiser et qu'il n'y a pas de temps à perdre. Par chance, au même moment, c'était au tour de ma photo de passer sur l'écran d'information, juste au-dessus de nos têtes. On y avait inscrit mon nom, ma date de naissance, ma nationalité, le nom de mon université, le titre de mon livre et la date et l'heure de mon intervention. Elle ne pouvait pas m'avoir raté. « De mon côté en tout cas, les présentations sont faites », risquai-je avec une pointe de présomption qui ne sembla pas la gêner. Mieux, le sourire et le merci qu'elle m'adressa après que je lui eus sobrement cédé le passage me parurent hautement exploitables.

Un peu plus tard, pendant que Lysette M. Thibodeaux livrait à son public une prestation oratoire prévisible, je profitai du wifi gratuit de la salle *Illinois* pour consulter discrètement mes différentes messageries. *Maudit soit le jour où je t'ai rencontré*, m'avait écrit Janka Kučová sur Facebook. *Tu ne t'en tireras pas comme ça. Cursed be the day I met you. You won't get away with it.* Je ne savais s'il fallait ou non prendre au sérieux une imprécation aussi rustique. La Slovaquie, me dis-je, ce devait être un peu comme la Roumanie : un pays où coexistaient encore top models ultra-contemporaines et leurs grands-mères rebouteuses à fichu et vieilles croyances. *You French asshole.*

Sur Hotmail, la directrice du département juridique des éditions Vadel m'avait écrit ceci :

Bonne nouvelle, Alain Delon renonce au procès. L'objet en était de toute évidence trop insignifiant pour qu'il espère l'emporter. Elle avait ajouté : *Je me permets de vous joindre le communiqué que son avocat s'est contenté de transmettre à la presse. Bien cordialement.*

Après réflexion, disait le document attaché à en-tête Bonnant Warluzel & Associés, *notre client a décidé d'interrompre ses poursuites à l'encontre des éditions Vadel et de M. Romain Ruyssen. Dans un premier temps légitimement ému d'avoir été pris pour cible à travers une œuvre cinématographique et la mémoire d'un réalisateur qui lui sont chers, M. Alain Delon se ravise aujourd'hui. Que représente la provocation gratuite et malveillante du livre de M. Ruyssen en regard de la filmographie, de la notoriété et des multiples consécrations internationales d'Alain Delon ? Notre client n'exprime qu'un seul regret : avoir par sa plainte contribué à attirer l'attention sur un livre et un homme qui, à défaut de pouvoir apporter sa pierre à l'édifice culturel de son pays, voudrait ôter celle des autres pour faire oublier son manque de talent.*

Lorsqu'on l'interrogeait sur l'adaptation au cinéma des livres qu'il publiait, Jérôme Lindon, le légendaire directeur des Éditions de Minuit, disait qu'il ne pouvait rien arriver de mieux à un roman qu'un producteur en achète les droits, mais sans que le film se fasse. Un procès intenté par Alain Delon interrompu avant même d'avoir versé le premier euro à votre avocat, ce n'était pas mal non plus. Et pourtant, je me sentais déçu. Si les films d'Alain Delon me paraissaient aujourd'hui tout aussi médiocres et largement surévalués que lui-même dans leur grande majorité, je n'oubliais pas qu'enfant, il m'avait fait rêver comme tout le monde. Mais bon, le communiqué de presse de Bonnant Warluzel & Associés ne manquait pas de panache, et je pourrais toujours, me dis-je, en tirer quelque chose.

J'entendis mon nom dans les enceintes haut de gamme de la salle. Lysette M. Thibodeaux, qui était en train de détailler le programme des deux journées de colloque, informait ceux que cela pouvait intéresser que j'interviendrais le lendemain en fin de matinée dans l'*Indiana Room*. « M. Ruyssen vient de publier un essai qui fait grand bruit en France », dit-elle, faisant sans doute référence à Alain Delon autant qu'aux deux ou trois encadrés parus dans une presse sérieuse à laquelle, évidemment, elle ne pouvait elle-même prétendre. Je cherchai aussitôt des yeux dans la salle Églantine-Sissi Ntommoh pour vérifier qu'elle avait bien saisi que c'était de moi qu'on parlait. Son regard résolument braqué dans ma direction depuis son siège, elle se caressait le menton. *Grand bruit.* Nous évoluions, ici aussi, dans le règne des apparences et de l'inflation. Rien de plus normal pour une maîtresse de cérémonie publiée chez Ô Sirocco.

« De toute façon, dis-je en essuyant avec ma serviette le chocolat chaud qui avait débordé sur la commissure de ma lèvre, je suis un mec sur lequel on ne peut pas compter, je “me” fous de tout. Je n’ai même pas d’opinion politique. Face à un Juif, je suis sioniste, et face à un Palestinien, je suis pro-Hamas. Comment faire confiance à un type pareil ? »

Une main posée sur l’anse de son mug de *hazelnut macchiato* et roulant doucement de l’autre les extrémités de ses *baby locks*, Églantine-Sissi Ntommoh m’écoutait en me regardant de ses longs yeux calmes de divinité égyptienne. Elle avait une belle peau, de belles lèvres et de belles dents, tout cela dégageait quelque chose de suave et de fécond à la fois, je ne sais pas, en tout cas c’était vraiment une belle femme, je ne voyais pas d’autre mot. Il faisait douillet dans cette partie café du Prairie Lights Bookstore du centre-ville commerçant d’Iowa City. Ça sentait le lait chaud, le café et la cannelle, et les chuintements réguliers du percolateur venaient à peine couvrir la musique diffusée en sourdine. Le 25 mars 2010, Barack Obama avait improvisé une visite dans cette librairie avec ses deux filles. Il y avait laissé pour 37 dollars d’achats. Une petite photo encadrée au bas de l’escalier témoignait avec discrétion de l’événement. On le sait, les Américains aiment la réussite. Mais, contrairement aux Français, ils ne sacralisent pas bêtement la célébrité.

« C’est plutôt normal, ça, non ? fit-elle en tournant le mélangeur jetable en bois dans sa tasse. Moi aussi, je m’en fiche, du conflit israélo-palestinien. »

Je venais de lui parler en toute transparence de Caridad, de Janka Kučová, de toutes ces femmes qui croisaient ma vie et auxquelles je resservais systématiquement les mêmes séquences d'amour fou et les mêmes mots de séduction et de rupture.

« Je donne tout, et puis je reprends tout. Tiens, même avec toi, là, je suis en train de faire mon numéro. »

« Je sais. Je vois ça. Ça ne me dérange pas. »

« Je te fais mon numéro, et tu te montres déjà compréhensive. C'est toujours la même chose. »

« Ah, tu *donnes tout* ? » répéta-t-elle en me fixant dans un sourire attendri. En toute simplicité, elle leva la main vers mon visage et, du dos de son index, me caressa brièvement la joue.

« Regarde, je vais te montrer quelque chose. »

Elle tira de son sac un MacBook Air et une paire d'écouteurs. Elle ouvrit le portable, entra quelques mots dans le moteur de recherche internet et brancha les écouteurs. Au bout de quelques secondes, elle tourna l'écran vers moi, me tendit les écouteurs, écarta légèrement ma tasse de chocolat chaud et poussa le Mac sous mes yeux.

« Écoute bien les paroles. »

C'était un clip de musique camerounaise. La chanteuse s'appelait Coco Argentée et la chanson *Fallait pas*. Ça se passait au pays, à l'intérieur d'une grande villa d'un quartier résidentiel. Le type venait d'offrir une voiture à la fille et, plus tard, la couvrait de cadeaux au salon. Elle disait en intro :

Dis-moi
Que veux-tu de moi ?

Et puis, tout de suite après :

Fallait pas assurer-oooo
Fallait pas bien dribbler-oooo
Fallait pas tout donner-oooo
Fallait pas m'allumer-oooo

Le type dans le clip commençait maintenant à délaisser la fille. Il passait ses soirées au bureau, s'endormait sur le canapé de son salon. Évidemment, la fille le prenait mal. Coco Argentée, toutes cuisses dehors, attaquait le premier couplet :

Aujourd'hui tu m'appelles collé chewing-gum
Aujourd'hui tu m'appelles chien méchant
Aujourd'hui tu m'appelles Madame Pression
Aujourd'hui tu m'appelles Madame Calcul
Aujourd'hui tu m'appelles Super Glu

Églantine-Sissi Ntommoh se leva de sa chaise, fit le tour de la table et vint s'asseoir à mes côtés pour suivre le clip avec moi. Elle appréciait que je me sois concentré sur la chanson. Nous nous sourîmes.

Je veux être celle-là qui te fera des bébés
Je veux être celle-là qui vieillira à tes côtés
Je veux être celle-là qui saura te soigner
Je veux être celle-là qui saura te garder
Je veux être celle-là

« Écoute, me dit Églantine-Sissi Ntommoh en m'attrapant le bras comme si nous nous connaissions depuis toujours. La phrase importante, c'est maintenant. »

Il fallait faire un peu
Il fallait faire un peu
Il fallait faire un peu
Il fallait seulement faire un peu
Il fallait faire un peu
Il fallait faire un peu
Il fallait faire un peu
Il fallait seulement faire un peu

« En effet, lui dis-je en ôtant les écouteurs de mes oreilles. *Il fallait pas tout donner, Il fallait faire un peu.* C'est bien tout le problème qu'elle nous expose là, cette Coco Argentée. La solution, c'est quoi, alors ? Faire un peu ? Vraiment ? Ce n'est pas très marrant, de faire juste un peu, ça ne sert à rien. Alors, quoi ? Ne pas y aller du tout ? Ne pas *falloir* ? »

Églantine-Sissi Ntommoh haussa les épaules.

« Je n'en sais rien. Si aimer n'est vraiment pas possible, alors je n'en sais rien. »

« *Si aimer n'est vraiment pas possible*, répétai-je pensivement. Ça aussi, ça ferait un joli titre de chanson pour une superproduction dans le genre Starmania. »

Sans un mot, Églantine-Sissi Ntommoh me tendit à nouveau les écouteurs. Le clip n'était pas tout à fait terminé. Après s'être plainte pendant les trois quarts de la chanson, Coco Argentée semblait avoir changé d'avis.

Et maintenant j'ai envie de…
Envie de…
Envie de wouang wouang wouang wouang
J'ai envie de…
Envie de…
Envie de faire…
J'ai envie de…
Envie de wouang wouang wouang wouang
J'ai envie de…
Envie de…
Envie de faire…

Je montai au pupitre sur l'estrade, reliai mon ordinateur portable au vidéoprojecteur et relevai les yeux sur la salle, comme à Nanterre. Il y avait à tout casser vingt personnes dans cette *Indiana Room* qui pouvait en accueillir jusqu'à cinquante-cinq. Le gros du public de cette dernière journée avait préféré assister dans l'*Illinois Room* à la conférence que donnait simultanément à la mienne l'écrivain haïtien Louis-Philippe Dalembert, rare sur les étals des libraires mais véritable star de ce colloque avec Barry Jean Ancelet, alias Jean Arceneaux. Après la nuit que nous venions de passer ensemble, Églantine-Sissi Ntommoh avait finalement décidé de ne pas s'y rendre et d'assister plutôt à mon allocution. « Mais, m'avait-elle prévenu, je ne resterai peut-être pas très longtemps.

Louis-Philippe est un ami, je ne voudrais pas lui faire de peine. »

J'en avais conçu de la jalousie, peut-être à cause de la fatigue du décalage horaire de l'avant-veille que je commençais à sérieusement ressentir. Et puis, sans doute, parce que je n'avais pas l'habitude de rencontrer une fille aussi légère en amour que je l'étais moi-même. C'était même une sensation insupportable. Me revenait en mémoire jusqu'à l'obsession la fine lingerie rouge et le sexe intégralement épilé d'Églantine-Sissi Ntommoh, ainsi que sa façon si particulière de s'accroupir sur ma queue tendue comme si elle s'apprêtait à uriner dans un champ de patates. Une main d'appui posée à plat sur ma poitrine, elle se mettait alors à pistonner sans relâche avec une voracité sincère, avec sa vulve charnue qui sous mes yeux éclosait puis se résorbait indéfiniment à l'intérieur de son vagin comme un obturateur affolé. Moi d'ordinaire si endurant, je devais pour ne pas jouir me mettre à visualiser des charniers à ciel ouvert en Syrie et les gaines médicales de ma grand-mère qu'elle faisait jadis sécher l'été sur la corde à linge de la maison familiale, à Hirson. Même les appels de Caridad que je voyais se succéder sur le cadran muet de mon téléphone n'y pouvaient rien, j'étais subjugué.

« Bon, dis-je dans le micro après un bref raclement de gorge introductif. J'ai reçu hier matin un e-mail du service juridique de mon éditeur m'annonçant que l'acteur français Alain Delon, qui voulait me traîner en justice pour avoir écrit dans un livre intitulé *Au pays du p'tit* qu'il était antipathique, vulgaire et mauvais comédien, vient de renoncer à nous poursuivre, moi et mon éditeur. Son avocat a rédigé un communiqué de presse. Je vous en lis seulement la seconde partie : *Notre client n'exprime qu'un seul regret : avoir par sa plainte contribué à attirer l'attention sur un livre et un homme qui, à défaut de pouvoir apporter sa pierre à l'édifice culturel de son pays, voudrait ôter celle des autres pour faire oublier son manque de talent.* Cet homme, c'est moi. Et l'avocat d'Alain Delon a raison : je manque de talent. La preuve : Alain Delon a tourné dans 90 films, dont beaucoup auront marqué le cinéma français. Il a reçu un César en 1985. Je n'ai, moi, à quarante-quatre ans, écrit qu'un seul livre dont personne ne parle et ne parlera sans doute jamais nulle part. Et si je me suis permis de dire du mal d'Alain Delon et de le publier dans un livre même sans avoir de talent, c'est parce que je suis français. Parce que la France est sans doute le seul pays au monde à accepter de prêter du talent à ceux qui, comme moi, ne savent que critiquer les autres. C'est donc cela, la France : une confusion perpétuelle entre les faits et le discours. Entre agir et s'enorgueillir par des mots. Y compris par le biais d'une fausse modestie, comme ce que je suis précisément en train de vous servir maintenant. »

Face à une audience captive, vous croyez toujours que vos saillies de sincérité feront de l'effet. Là, franchement, pas grand-chose. On me regardait en attendant la suite. Comme s'il s'était trompé de séance, un jeune homme se leva poliment et sortit. Seule Églantine-Sissi Ntommoh faisait l'effort de me sourire pour m'encourager. Je débouchai la petite bouteille d'eau minérale Dasani posée devant moi sur le pupitre et bus une gorgée pour me donner une contenance.

« On connaît ces signes corporels spécifiques aux Français, repris-je en reposant la bouteille, et qui leur servent dans la plupart des cas à exprimer soit l'impatience, soit l'horripilation, soit les deux en même temps : gonfler les joues en ouvrant les yeux le plus grand possible, faire non de la tête tout en pinçant les lèvres et en soufflant le plus fort possible par le nez, etc. Être agacé par les autres et se considérer soi-même supérieur au reste de l'humanité est davantage qu'un folklore national : c'est un mode de vie, une fierté, une conviction, un code génétique, bref, une culture. Il y a cependant un geste bien particulier qui, à ma connaissance, n'a pas été répertorié par les spécialistes de l'étude des comportements humains et qui me paraît parfaitement illustrer ce fameux mélange d'orgueil et de pouvoir des mots auquel je viens à l'instant de faire référence, tout en révélant au fond une grande fragilité : *se hisser sur la pointe des pieds*. On l'observe tout particulièrement dans les couches les plus éduquées de la population, notamment à l'occasion des réceptions et des cocktails. Regardez bien parmi les groupes informels des convives en train de converser debout, de préférence avec un verre à la main. Vous verrez toujours un type (ce phénomène est propre aux hommes) se balancer légèrement en se hissant avec raideur sur la pointe de ses pieds, généralement lorsqu'il s'adresse à un interlocuteur qui lui est hiérarchiquement ou socialement supérieur. S'il s'agit d'un cocktail international, vous ne pourrez pas vous tromper, ce type sera nécessairement français. Parce qu'il n'y a qu'un Français pour compenser son manque d'assurance par une volonté de se hisser au-dessus de la tête des autres. C'est ainsi. »

Comme à la Maison centrale des Artistes de Moscou, il y eut un rire isolé dans l'assemblée. Un type consulta sa montre, un autre composait un texto sur son portable. Seule Églantine-Sissi Ntommoh tenait bon le sourire, mais pour combien de temps encore ? Je repris une gorgée de Dasani. Je commençais à en avoir marre, de parler de la France. La France, la France, la France, les Français : marre. Mon public était majoritairement constitué de gens ayant en commun la langue française, d'accord. Mais ils étaient originaires de pays où l'on ne faisait pas une affaire d'État des types qui soufflaient par le nez ou se hissaient sur la pointe des pieds. Dans cette salle *Indiana* qui, malgré ses cinquante-cinq places assises, avait dû en voir défiler d'autrement plus compétents que moi et dans toutes les langues, les choses m'apparaissaient clairement : mon fonds de commerce était une souricière obsolète. Consultant rapidement mes notes, je décidai de passer directement à la séquence Depardon et activai le vidéoprojecteur.

« Raymond Depardon est un photographe et réalisateur français, dis-je tout en manipulant la souris de mon ordinateur portable pour accéder au diaporama que j'avais préparé. Il est l'auteur, notamment, du portrait de François Hollande que l'on peut trouver accroché dans tous les bureaux administratifs français depuis son élection, en 2012. Il a publié l'année dernière le résultat de quatre années passées à sillonner la France et à la photographier. Voici un aperçu de ce travail. »

La première photo montrait dans son ensemble un bâtiment abritant une maison de la presse dans un village de province, à l'angle de deux rues. Un cube en pierre avec volets clos et gouttière apparente. Ne serait-ce la pierre blanche et la forme des volets propres aux régions du sud-est de la France, l'ensemble était idéalement impersonnel. Sur les murs étaient fixés des placards destinés aux affiches hebdomadaires de la boutique et, sur l'arête de la maison, en hauteur, une quantité de panneaux et enseignes : un stop, un sens interdit, une interdiction de stationner, *La Presse*, *La Provence*, La Française des jeux, PMU, etc.

« Vous voyez, ce n'est pas Versailles. On remarquera la prédominance de l'utilitaire sur l'esthétique générale de ce commerce de proximité. »

Esthétique. Pensant soudain aux ruines de Port-au-Prince après le tremblement de terre et aux bidonvilles de n'importe quelle capitale d'Afrique subsaharienne francophone, je détournai les yeux, me tus et passai à la photo suivante. C'était une départementale de campagne. Un chemin serpentait harmonieusement à travers une colline verte qui pouvait rappeler celle des fonds d'écrans Microsoft. Au fond, une forêt tracée au cordeau. Au premier plan, un panneau de signalisation, un bout de bitume, des poteaux électriques bancals et des câbles fatigués. Bref, du joli mais pas tout à fait.

« Eh bien c'est ça, la France, dis-je en peinant pour conserver un ton crédible malgré le découragement et la fatigue qui s'accentuaient. Sur un beau territoire naturel, des aménagements grossiers et d'assez mauvais goût opérés par un peuple grossier traditionnellement tourné vers la terre et rien d'autre. De l'*architecture agraire*, si je peux me risquer à ce néologisme. Raymond Depardon, lui, on le sent ému malgré son œil impitoyable. Il assume et se revendique aussi de cette France-là, souvent austère, laide et maladroite. Il y voit de la poésie. Il ne se cache pas. Moi, personnellement, je ne m'y reconnais pas. Cette France m'effraie et me donne envie de fuir. »

Je laissai s'installer un silence, relevai la tête. Même Églantine-Sissi Ntommoh, qui avait cessé entre-temps de sourire, consultait furtivement son téléphone portable. J'avais en tête cette scène du film *Traffic* (2000) de Steven Soderbergh, au cours de laquelle Michael Douglas, qui vient d'être nommé secrétaire d'État américain en charge de la lutte contre la drogue, s'apprête à livrer son premier discours officiel dans la salle de presse de la Maison-Blanche. Il a découvert peu de temps auparavant que sa propre fille est accro à l'héroïne. Il entame un discours solennel, s'interrompt aussitôt. C'est au-delà de ses forces, il ne peut pas faire semblant. Silence général, embarras impuissant des officiels et des conseillers. Au bout de quelques secondes qui paraissent de plomb, il ramasse ses notes et quitte la salle médusée pour aller prendre un taxi devant la Maison-Blanche, retourner à la vraie vie et se consacrer à sa fille.

« Bon, dis-je en refermant un peu brutalement l'écran de mon laptop. Je crois que je vais m'arrêter là. Si vous avez des questions. »

Il ne restait qu'une poignée de sièges libres dans la salle *Illinois* lorsque nous y débarquâmes avec Églantine-Sissi Ntommoh. Le modérateur de la rencontre avec Louis-Philippe Dalembert venait à peine de terminer la présentation générale de son œuvre que, déjà, plusieurs mains s'étaient levées dans la salle pour demander le micro.

« Dans *Noires blessures* se lança une étudiante noire en tenant à la main son calepin bourré de notes, vous écrivez : *Nul homme n'est une île, un tout complet en soi. Chaque homme est un morceau du continent, une part de l'ensemble. La mort de tout homme me diminue, parce que j'appartiens au genre humain.* Pensez-vous que les problématiques insulaires caribéennes soient en mesure de favoriser chez les poètes de cette zone l'émergence d'une réflexion globalisée sur le genre humain ? »

Sur le siège d'à côté, paraissant avoir complètement oublié ma présence, Églantine-Sissi Ntommoh manifestait son enthousiasme par une série de oui appuyés de la tête. Pour ne pas céder au sommeil qui m'envahissait, je tirai mon téléphone portable de ma poche. Il y avait six appels en absence de Caridad. Je lui répondis par un SMS : *Je suis en réunion. Je t'appelle après. Tu me manques.*

« Dans *Ballade d'un amour inachevé*, disait au micro une autre étudiante noire au calepin tout aussi bourré de notes que la première, vous écrivez ceci : *Comme quoi, rien ne sert d'essayer de devancer le temps, qui a son rythme propre. Il finit toujours par nous rattraper.* Faites-vous en filigrane allusion dans ce passage à l'amnésie collective post-traumatique de la traite telle que l'aborde entre les lignes de son œuvre le poète guadeloupéen Lémy Lémane Coco ? »

Mon téléphone signalait un nouvel appel de Caridad lorsque quelqu'un vint me tapoter l'épaule par-derrière. C'était Lysette M. Thibodeaux.

« Vous avez un instant ? » me chuchota-t-elle dans une épouvantable haleine de lait caillé tout en m'indiquant la porte de sortie la plus proche. Ne s'attendant pas à me voir si tôt dans la salle, elle venait sans doute me demander des explications. Écrasant un bâillement, je me levai à mon tour, sans provoquer la moindre réaction chez Églantine-Sissi Ntommoh, aimantée par la rhétorique de Louis-Philippe Dalembert. Lorsque nous nous retrouvâmes dans le hall, Thibodeaux tira un iPad de son sac.

« Tenez, on vient de recevoir ceci sur le mail du département. »

Elle me tendit l'écran tactile. C'était une photo de moi, nu, offrant dans ma main une longue bite lasse à l'objectif. *Chambre 327, Hôtel Helvetia, Saint-Pétersbourg, décembre 2013*, pensai-je. Sous la photo, une inscription en capitales :

ROMAIN RUYSSEN, SOCIOLOGIST
FRENCH ASSHOLE

« Je vous souhaite bonne chance pour la poursuite de votre carrière », dit Lysette M. Thibodeaux en refermant calmement la *smart cover* à bordure aimantée de son iPad. « Bien entendu, nous paierons les 250 dollars de votre prestation, même si elle a été un peu courte. »

Tandis qu'elle tournait les talons pour regagner l'*Illinois Room*, je me demandai s'il était du ressort d'une native de Moncton, au Nouveau-Brunswick, de faire des allusions aussi audacieuses à la taille du sexe d'un individu mâle ou si, plus probablement, ce n'était pas moi qui surinterprétais un peu en raison du trouble dans lequel j'étais plongé.

Je restai immobile pendant quelques secondes au milieu de ce hall désert, sans initiative précise, en me rendant péniblement à l'évidence que, des coups de théâtre aussi navrants et peu inspirés, c'était comme se faire convoquer au tribunal par Alain Delon : cela pouvait bel et bien exister dans la vraie vie aussi. Il est vrai que la réalité dépasse la fiction, pensai-je, y compris dans ses péripéties trop galvaudées pour être encore imaginées. L'image de Dominique Strauss-Kahn entouré de deux flics et menotté me traversa furtivement l'esprit. En très léger bruit de fond, derrière la porte capitonnée de la salle *Illinois*, je percevais la fréquence de la voix de Louis-Philippe Dalembert répondant aux jolies étudiantes haïtiennes du département de français de l'université d'Iowa. Sous le choc, la fatigue venait de disparaître d'un coup. Je sortis mon téléphone. À bout de patience, Caridad avait fini par m'envoyer un MMS. Toujours la même photo de moi, assortie cette fois d'un commentaire de Caridad : *C'était ça, ton étudiante moche et grosse de Moscou ?*

Les champs lexicaux sont une forme de loi des séries, formulai-je pour moi-même en cherchant des yeux où pouvait bien se trouver la sortie du complexe. Ça ne voulait rien dire mais ça sonnait bien. Un deuxième message de Caridad me parvint tandis que j'apercevais enfin un bout de ciel : *Je sais bien que tu n'y es pour rien. C'est plus fort que toi.*

DU MÊME AUTEUR

Aux Éditions P.O.L

LE TOUR DU PROPRIÉTAIRE, 2000.

DEMAIN SI VOUS LE VOULEZ BIEN, 2001.

ONE MAN SHOW, 2002 (Folio n° 4091).

RADE TERMINUS, 2004 (Folio n° 4310).

J'ÉTAIS DERRIÈRE TOI, 2006 (Folio n° 4583).

BEAU RÔLE, 2008 (Folio n° 4909).

LE ROMAN DE L'ÉTÉ, 2009 (Folio n° 5244).

TU VERRAS, 2011, prix du Livre France Culture-*Télérama* (Folio n° 5492).

LA LIGNE DE COURTOISIE, 2012 (Folio n° 5600).

AU PAYS DU P'TIT, 2015 (Folio n° 6278).

COLLECTION FOLIO

Dernières parutions

6022. François de La Rochefoucauld — *Maximes*
6023. Collectif — *Pieds nus sur la terre sacrée*
6024. Saâdi — *Le Jardin des Fruits*
6025. Ambroise Paré — *Des monstres et prodiges*
6026. Antoine Bello — *Roman américain*
6027. Italo Calvino — *Marcovaldo* (à paraître)
6028. Erri De Luca — *Le tort du soldat*
6029. Slobodan Despot — *Le miel*
6030. Arthur Dreyfus — *Histoire de ma sexualité*
6031. Claude Gutman — *La loi du retour*
6032. Milan Kundera — *La fête de l'insignifiance*
6033. J.M.G. Le Clezio — *Tempête* (à paraître)
6034. Philippe Labro — *« On a tiré sur le Président »*
6035. Jean-Noël Pancrazi — *Indétectable*
6036. Frédéric Roux — *La classe et les vertus*
6037. Jean-Jacques Schuhl — *Obsessions*
6038. Didier Daeninckx – Tignous — *Corvée de bois*
6039. Reza Aslan — *Le Zélote*
6040. Jane Austen — *Emma*
6041. Diderot — *Articles de l'Encyclopédie*
6042. Collectif — *Joyeux Noël*
6043. Tignous — *Tas de riches*
6044. Tignous — *Tas de pauvres*
6045. Posy Simmonds — *Literary Life*
6046. William Burroughs — *Le festin nu*
6047. Jacques Prévert — *Cinéma* (à paraître)
6048. Michèle Audin — *Une vie brève*
6049. Aurélien Bellanger — *L'aménagement du territoire*

6050. Ingrid Betancourt *La ligne bleue*
6051. Paule Constant *C'est fort la France !*
6052. Elena Ferrante *L'amie prodigieuse*
6053. Éric Fottorino *Chevrotine*
6054. Christine Jordis *Une vie pour l'impossible*
6055. Karl Ove Knausgaard *Un homme amoureux, Mon combat II*
6056. Mathias Menegoz *Karpathia*
6057. Maria Pourchet *Rome en un jour*
6058. Pascal Quignard *Mourir de penser*
6059. Éric Reinhardt *L'amour et les forêts*
6060. Jean-Marie Rouart *Ne pars pas avant moi*
6061. Boualem Sansal *Gouverner au nom d'Allah* (à paraître)
6062. Leïla Slimani *Dans le jardin de l'ogre*
6063. Henry James *Carnets*
6064. Voltaire *L'Affaire Sirven*
6065. Voltaire *La Princesse de Babylone*
6066. William Shakespeare *Roméo et Juliette*
6067. William Shakespeare *Macbeth*
6068. William Shakespeare *Hamlet*
6069. William Shakespeare *Le Roi Lear*
6070. Alain Borer *De quel amour blessée* (à paraître)
6071. Daniel Cordier *Les feux de Saint-Elme*
6072. Catherine Cusset *Une éducation catholique*
6073. Eugène Ébodé *La Rose dans le bus jaune*
6074. Fabienne Jacob *Mon âge*
6075. Hedwige Jeanmart *Blanès*
6076. Marie-Hélène Lafon *Joseph*
6077. Patrick Modiano *Pour que tu ne te perdes pas dans le quartier*
6078. Olivia Rosenthal *Mécanismes de survie en milieu hostile*
6079. Robert Seethaler *Le tabac Tresniek*
6080. Taiye Selasi *Le ravissement des innocents*

6081. Joy Sorman — *La peau de l'ours*
6082. Claude Gutman — *Un aller-retour*
6083. Anonyme — *Saga de Hávardr de l'Ísafjördr*
6084. René Barjavel — *Les enfants de l'ombre*
6085. Tonino Benacquista — *L'aboyeur*
6086. Karen Blixen — *Histoire du petit mousse*
6087. Truman Capote — *La guitare de diamants*
6088. Collectif — *L'art d'aimer*
6089. Jean-Philippe Jaworski — *Comment Blandin fut perdu*
6090. D.A.F. de Sade — *L'Heureuse Feinte*
6091. Voltaire — *Le taureau blanc*
6092. Charles Baudelaire — *Fusées – Mon cœur mis à nu*
6093. Régis Debray et Didier Lescri — *La laïcité au quotidien. Guide pratique*
6094. Salim Bachi — *Le consul* (à paraître)
6095. Julian Barnes — *Par la fenêtre*
6096. Sophie Chauveau — *Manet, le secret*
6097. Frédéric Ciriez — *Mélo*
6098. Philippe Djian — *Chéri-Chéri*
6099. Marc Dugain — *Quinquennat*
6100. Cédric Gras — *L'hiver aux trousses. Voyage en Russie d'Extrême-Orient*
6101. Célia Houdart — *Gil*
6102. Paulo Lins — *Depuis que la samba est samba*
6103. Francesca Melandri — *Plus haut que la mer*
6104. Claire Messud — *La Femme d'En Haut*
6105. Sylvain Tesson — *Berezina*
6106. Walter Scott — *Ivanhoé*
6107. Épictète — *De l'attitude à prendre envers les tyrans*
6108. Jean de La Bruyère — *De l'homme*
6109. Lie-tseu — *Sur le destin*
6110. Sénèque — *De la constance du sage*
6111. Mary Wollstonecraft — *Défense des droits des femmes*

6112. Chimamanda Ngozi Adichie — *Americanah*

6113. Chimamanda Ngozi Adichie — *L'hibiscus pourpre*

6114. Alessandro Baricco — *Trois fois dès l'aube*

6115. Jérôme Garcin — *Le voyant*

6116. Charles Haquet et Bernard Lalanne — *Procès du grille-pain et autres objets qui nous tapent sur les nerfs*

6117. Marie-Laure Hubert Nasser — *La carapace de la tortue*

6118. Kazuo Ishiguro — *Le géant enfoui*

6119. Jacques Lusseyran — *Et la lumière fut*

6120. Jacques Lusseyran — *Le monde commence aujourd'hui*

6121. Gilles Martin-Chauffier — *La femme qui dit non*

6122. Charles Pépin — *La joie*

6123. Jean Rolin — *Les événements*

6124. Patti Smith — *Glaneurs de rêves*

6125. Jules Michelet — *La Sorcière*

6126. Thérèse d'Avila — *Le Château intérieur*

6127. Nathalie Azoulai — *Les manifestations*

6128. Rick Bass — *Toute la terre qui nous possède*

6129. William Fiennes — *Les oies des neiges*

6130. Dan O'Brien — *Wild Idea*

6131. François Suchel — *Sous les ailes de l'hippocampe. Canton-Paris à vélo*

6132. Christelle Dabos — *Les fiancés de l'hiver. La Passe-miroir, Livre 1*

6133. Annie Ernaux — *Regarde les lumières mon amour*

6134. Isabelle Autissier et Erik Orsenna — *Passer par le Nord. La nouvelle route maritime*

6135. David Foenkinos — *Charlotte*

6136. Yasmina Reza — *Une désolation*
6137. Yasmina Reza — *Le dieu du carnage*
6138. Yasmina Reza — *Nulle part*
6139. Larry Tremblay — *L'orangeraie*
6140. Honoré de Balzac — *Eugénie Grandet*
6141. Dôgen — *La Voie du zen. Corps et esprit*
6142. Confucius — *Les Entretiens*
6143. Omar Khayyâm — *Vivre te soit bonheur ! Cent un quatrains de libre pensée*
6144. Marc Aurèle — *Pensées. Livres VII-XII*
6145. Blaise Pascal — *L'homme est un roseau pensant. Pensées (liasses I-XV)*
6146. Emmanuelle Bayamack-Tam — *Je viens*
6147. Alma Brami — *J'aurais dû apporter des fleurs*
6148. William Burroughs — *Junky* (à paraître)
6149. Marcel Conche — *Épicure en Corrèze*
6150. Hubert Haddad — *Théorie de la vilaine petite fille*
6151. Paula Jacques — *Au moins il ne pleut pas*
6152. László Krasznahorkai — *La mélancolie de la résistance*
6153. Étienne de Montety — *La route du salut*
6154. Christopher Moore — *Sacré Bleu*
6155. Pierre Péju — *Enfance obscure*
6156. Grégoire Polet — *Barcelona !*
6157. Herman Raucher — *Un été 42*
6158. Zeruya Shalev — *Ce qui reste de nos vies*
6159. Collectif — *Les mots pour le dire. Jeux littéraires*
6160. Théophile Gautier — *La Mille et Deuxième Nuit*
6161. Roald Dahl — *À moi la vengeance S.A.R.L.*
6162. Scholastique Mukasonga — *La vache du roi Musinga*
6163. Mark Twain — *À quoi rêvent les garçons*
6164. Anonyme — *Les Quinze Joies du mariage*
6165. Elena Ferrante — *Les jours de mon abandon*